夏がいく
伊多波 碧
おとないちあき 絵
理論社

# 夏がいく

## 主な登場人物

優太（わたし）……旅籠《はたご》の跡取《あとと》り息子、寺子屋に通っている

清吾……寺子屋に新入りした侍《さむらい》の子

おきく……優太の幼馴染《おさななじ》み、甘味処《あまみどころ》で働いている

源三……町役人の子

忠吉……源三の子分

おふみ……おきくの祖母

小杉源太夫……寺子屋の先生、「髭白《ひげじろ》先生」と呼ばれている

河村十四郎……清吾の父、浪人

道の途中《とちゅう》で蟬《せみ》のぬけがらを見つけた。

手足を丸めて、木の幹《みき》にしがみついている。透《す》きとおった黄金色《こがねいろ》をしているから金蟬衣《きんせんい》。そういう呼《よ》び方があると、昔、清吾《せいご》に教えてもらった。

清吾《せいご》は初めての友だちだった。ともに過《す》ごした日々は長くはなかったが、今もあの頃《ころ》を思い出すと、胸《むね》が温かくなる。

ほとんどの蟬《せみ》は成虫になれず、幼虫《ようちゅう》のまま死んでいく。鳴くのは朝から夕方まで。暗くなると鳴きやむ。とはいえ、寝《ね》ているわけではない。蟬《せみ》は一晩中《ひとばんじゅう》起きている。しかも目は背中《せなか》についているらしい。だとすると、飛んでいるときには何が見えているのかな。

（そりゃあ、空だろ）

つぶやくと、清吾《せいご》はまぶしそうに目を細めた。その声がさみしげに聞こえたのを、今も覚えている。最後に会った日のことだ。

金色の衣は、夏の終わりの日射《ひざ》しをはねかえしている。ぬけがらがあるのは、無事に羽化した証《あかし》。清吾《せいご》はどうしているだろう。何度か便りを交わしたものの、いつからか途絶《とだ》えた。

清吾《せいご》は蟬《せみ》に似《に》ている。暗い土の中から出てきて、羽を広げ、遠くへ飛んでいった。一方、わたしはずっとこの町で暮《く》らしている。これから先もそのつもりだ。わたしはこの町で生きていく。どっしり根を張《は》る木のように。どこにも行かないと自分で決めた。

会えなくなっても友だちだ。ともに過《す》ごした日々は今も胸《むね》の中にある。

わたしは蟬《せみ》のぬけがらをつまみ、てのひらにのせた。

「ほら」

すぐ後ろをついてくる妻《つま》をふり返り、金色に光る衣を見せた。

あの日々のおかげで、今のわたしがある。

# 1

また出たらしいな――。

寺子屋へ足をふみ入れると、噂話《うわさばなし》がぴたりと止《や》む。

みんなの目がいっせいにこちらへ向き、これ見よがしに肘《ひじ》でつつき合うのが目に入った。噂話《うわさばなし》の的《まと》があらわれたと、にやにやしている。

背中《せなか》を丸め、のろのろと草履《ぞうり》をぬぐ。わたしが座《すわ》るのは一番前。先生に当てられやすい、不人気な席だ。隣《となり》には誰《だれ》も座《すわ》らない。もとから友だちが多いとはいいがたいけれど、近頃《ちかごろ》はまともにしゃべってくれる者もいなくなった。うかつに近づくと、たたられるからだ。

先生が来るまでの退屈《たいくつ》しのぎに墨《すみ》をすっていると、頭に何か当たった。どっと笑い声があがり、ひざの上に丸めた紙が落ちる。

無言でひろった紙玉をたもとに入れると、もう一つ紙玉が飛んでくる。しつこいって。腹《はら》のうちで毒《どく》づき、畳《たたみ》にころがった紙玉をひろう。そのままたもとへ入れようとしたら、揶揄《やゆ》をあびせられた。

「読めよ幽霊《ゆうれい》！」

わかった、わかった。見ればいいんだろ。広げると、下手《へた》くそな絵が描《か》いてあった。ひたいに三角の布《ぬの》をつけ、両手を胸《むね》の前でだらりとたらした、お決まりのやつ。口のところには、ごていねいに「うらめし屋」と吹《ふ》き出しまでついている。

わたしの家は東海道沿《ぞ》いの宿場町で〈うらざと屋〉という旅籠《はたご》をいとなんでいる。海の近くの村にある宿、という意味だ。

〈うらざと屋〉に出るのは子どもの幽霊《ゆうれい》。夜中にすすり泣く声を泊《と》まり客が聞いたとか、白い着物姿《すがた》の子どもが廊下《ろうか》を歩いているのを見たとか、寺子屋でそんな噂《うわさ》を流されている。

言いふらしているのは、町役人の子の源三《げんぞう》。体と声が大きいのが自慢《じまん》で、父親から聞いた話を、紙風船よろしくふくらませて広めて回っている。幽霊《ゆうれい》の絵を描《か》いたのは米屋の忠吉《ちゅうきち》。やせっぽちのネズミみたいで、弱虫だから源三《げんぞう》の子分になっている。

馬鹿なやつらだ。くだらない幽霊《ゆうれい》話にはしゃぐ源三《げんぞう》も、そいつに尻尾《しっぽ》をふる忠吉《ちゅうきち》も。まあ、言い返したところで、誰《だれ》も肩《かた》を持ってくれないけど。

源三《げんぞう》や忠吉《ちゅうきち》だけではない。髭白《ひげじろ》先生だって同じ。やつらの仲間みたいなものだ。

顎髭《あごひげ》が真っ白だから、髭白《ひげじろ》先生。

実の名は小杉源太夫《こすぎげんだゆう》。武家《ぶけ》の出で、強そうな名をしているけど、背丈《せたけ》も低く体つきも貧弱《ひんじゃく》だ。おまけに還暦《かんれき》を過《す》ぎたお爺《じい》さんだからか、都合の悪いことには耳が遠い振《ふ》りをする。

髭白《ひげじろ》先生は、源三《げんぞう》がわたしにさんざん紙玉をぶつけ、気がすんだ頃《ころ》になって、ようやくあらわれた。ひょっとして、壁《かべ》の穴《あな》から中の様子を見ているんじゃないかと疑《うたが》ってしまう。

おや。後ろに新入りがいる。背《せ》が高い。歳《とし》はわたしと同じくらい、十二、三だろう。こざっぱりとした木綿《もめん》に色褪《いろあ》せた袴《はかま》をつけている。

「河村清吾《かわむらせいご》くんだ」

お侍《さむらい》の子か。へえ、めずらしいな。

寺子屋は商人の子が通うところで、侍《さむらい》の子が来るところではない。湯島の学問所や藩校《はんこう》と違《ちが》って、儒学《じゅがく》も蘭学《らんがく》も医学もやらない。ここでやるのは読み書き算盤《そろばん》。こんなところに入ってくるからには、侍《さむらい》の子といっても父親は職のない浪人《ろうにん》なのだろう。仕官の口を求める父親につきしたがい、国から出てきたのか。東海道沿《ぞ》いにあるこの宿場町には、ときおりそうした事情《じじょう》をかかえるお侍《さむらい》がおとずれる。

侍《さむらい》の子はわたしの隣《となり》へ腰《こし》をおろした。座《すわ》っていても姿勢《しせい》がいい。同い年くらいかな。見目がよくて歌舞伎《かぶき》役者みたいだ。

おっと、いきなり横目でにらまれた。

「何か用か」

「あの、庭訓往来《ていきんおうらい》は持っているかい。よかったら——」

「いらん」

わたしの申し出は一言で切って捨《す》てられた。

「え、でも」

ないと困《こま》るだろ。そう続けようとしたものの、眼光《がんこう》の強さに圧《お》されて口をつぐんだ。その後、われに返って頬《ほお》が熱くなる。

なんだい、今の。ずいぶんじゃないか。隣《となり》になったよしみで、声をかけてやったのに。

嫌《いや》なやつ！　その日、わたしは清吾《せいご》と口をきかなかった。教科書の庭訓往来《ていきんおうらい》も見せてやらなかった。

春のはじめのことだ。この頃《ころ》は清吾《せいご》と仲良くなるなんて、つゆとも思わなかった。

# 2

寺子屋から戻《もど》ると、裏門《うらもん》の前におふみがいた。道端《みちばた》で腰《こし》をかがめている。

わたしの足音に気づいて、おふみはこちらをふり返った。

「お帰りなさいませ、亮太坊《りょうたぼ》っちゃん。寺子屋から戻《もど》られたのですか」

よっこらしょと掛《か》け声をして、おふみが立ち上がる。

「優太《ゆうた》だよ」

わたしが言うと、おふみは手で口を押《お》さえた。

「失礼いたしました。還暦《かんれき》を過《す》ぎたからでしょうか、このところ物忘《ものわす》れが多くて……」

「謝《あやま》るほどのことじゃないよ。それより、何をしていたんだい。——ああ、たんぽぽを摘《つ》んでいたんだね」

おふみは皺《しわ》のよった手に、黄色い花を十本ほど握《にぎ》っている。

「ええ、ええ。そうでした。たんぽぽを摘《つ》んでいたんです」

「きれいだなあ。家に飾《かざ》るのかい？」

「そうですね。せっかく摘《つ》んだんですもの。花は飾《かざ》って、葉は食べることにします」

「湯がいておひたしにするの？」

「いいえ、そのまま」

「生のまま？　食べられるの？」

初めて知った。そういう食べ方もあるのか。苦そうだけど。

「たんぽぽは重宝《ちょうほう》な草花でしてね、熱冷ましや毒消《どくけ》しの薬にも使われるんです」

「そうなんだ、すごい。おふみは物知りだねえ」

「ただの聞きかじりですよ。あたしなど、満足に仮名文字《かなもじ》も書けません。せめていろはくらいは、とは思いますけど、もうこの歳《とし》ですからね。そこへいくと坊《ぼ》っちゃんは寺子屋に通っていらっしゃるから。仮名《かな》も漢字もお手のものでしょう」

「そうでもないよ。漢字は苦手なんだ。難《むずか》しくて」

「大丈夫《だいじょうぶ》ですよ。学ぼうという気があれば、きっと上達なさいます。寺子屋は楽しゅうございましょう。同じ年頃《としごろ》のお友だちが大勢《おおぜい》いらして」

「まあね」

相槌《あいづち》を返したものの、苦いものを飲んだような心地になった。

「お友だちは大事になさるとよござんすよ。子ども時代に結ばれた縁《えん》は長く続きますから。わたしも幼馴染《おさななじ》みとはいまだに付き合いがあるんです。もう五十年以上になりますかしら」

「五十年？」

「ええ。きっと坊《ぼ》っちゃんにも、長くお付き合いするお友だちができますよ」

返事をせず目をふせた。子どもにも見栄がある。友だちが一人もいないと打ち明けたくはなかった。ましてや幽霊《ゆうれい》と呼《よ》ばれ、紙玉をぶつけられているなんて。

「よかったら、おかきを召《め》し上がりませんか。たくさん揚《あ》げたんです」

その言葉につられて目を上げた。おふみ手製《てせい》のおかきは、すこぶるおいしい。一口大の餅《もち》を菜種油で揚《あ》げたかき餅《もち》は、小さい頃《ころ》からの好物だ。

「お八《や》つどきですから、お腹《なか》が空《す》いていらっしゃいますでしょう」

小皿に入れて、離《はな》れまで届《とど》けてくれるという。

おふみは〈うらざと屋〉の元奉公人《ほうこうにん》である。働き者の亭主《ていしゅ》とともに、ずいぶん尽《つ》くしてくれたという。先代主《あるじ》の祖父《じい》ちゃんは、二人が仕事を辞めるときに、これからは楽隠居《らくいんきょ》するようにと離《はな》れの隣《となり》の古びた家を与《あた》えた。しかしそれも束の間、亭主《ていしゅ》が流行病《はやりやまい》で亡《な》くなり、おまけに娘夫婦《むすめふうふ》にも同じ病で先立たれ、おふみは一人で孫娘《まごむすめ》を育てている。

離《はな》れまで届《とど》けてもらうのも申し訳《わけ》ないから、裏門《うらもん》の前でおふみを待っていると、孫娘《まごむすめ》のおきくが歩いてきた。この近所で奉公《ほうこう》をしているから、通りかかったのだろう。

「やあ」

わたしが手を上げると、ぷいと横を向く。挨拶《あいさつ》を返してくれるどころか、顔を見せるのも嫌《いや》らしい。幼馴染《おさななじ》みで、前はよく一緒《いっしょ》に遊んだのに、今やすっかりこの調子だ。

おきくは寺子屋には通っていない。祖母《そぼ》のおふみは還暦《かんれき》を迎《むか》え、目がめっきり弱くなった。内職《ないしょく》のお針《はり》の仕事もできなくなり、代わりにおきくが外へつとめに出ている。十二にして、おきくは家の大黒柱だ。

奉公先《ほうこうさき》は、ここから目と鼻の先の甘味処《あまみどころ》。小町娘《こまちむすめ》と評判《ひょうばん》のおきくは、店でも人気があるみたいだ。器量よしだから、そのうち金持ちの男に見初《みそ》められて、玉の輿《こし》に乗るんじゃなかろうか。小さい頃《ころ》は、わたしのお嫁《よめ》さんになりたいと言っていたのだけど。

「ただいま」

離《はな》れの八畳間《じょうま》に入り、祖父《じい》ちゃんの位牌《いはい》に挨拶《あいさつ》した。母屋《おもや》とは渡《わた》り廊下《ろうか》でつながっているけど、別棟《べつむね》だから、ひっそりしている。

八畳間《じょうま》と六畳間《じょうま》に台所と厠《かわや》がついているきりの小さな家だが、祖父《じい》ちゃんは気に入っていた。裏庭《うらにわ》に面した八畳間《じょうま》には床《とこ》の間《ま》と神棚《かみだな》が、続き間《ま》の六畳間《じょうま》には文机《ふづくえ》がある。どちらの部屋も障子《しょうじ》を開けると縁側《えんがわ》で、そこから裏庭《うらにわ》に出られる。

仏壇《ぶつだん》の前で手を合わせ、りんと鈴《すず》を鳴らした。

祖父《じい》ちゃんが死んだ後も、離《はな》れはそのままにしてある。キセルは文机《ふづくえ》の上。座布《ざぶ》団《とん》には祖父《じい》ちゃんがつけた煙草《たばこ》の焦《こ》げ跡《あと》がある。文鎮《ぶんちん》と筆立ても、生きていた頃《ころ》と同じところに置いてあるのに、祖父《じい》ちゃんはいない。

おかきを盛《も》った皿を手に縁側《えんがわ》へ出て、足をぶらぶら伸《の》ばした。

春の日はゆっくり暮《く》れるから、いつまでも空が明るい。祖父《じい》ちゃんは縁側《えんがわ》で庭を眺《なが》めるのが好きだった。濃《こ》い鼠色《ねずみいろ》の大島紬《おおしまつむぎ》に縞模様《しまもよう》の帯をしめ、気持ちよさそうにキセルを使っていた。祖父《じい》ちゃんは枯《か》れ草みたいなにおいがした。いつも傍《かたわら》にいたはずなのに、今となっては、祖父《じい》ちゃんがどんな声をしていたのかおぼろになっている。胸《むね》にとどめておこうとしても、思い出は煙草《たばこ》の煙《けむり》みたいに逃《に》げていく。

おふみのおかきをつまみ、口へ放り込《こ》んだ。

「へえ、甘《あま》いんだ」

塩の代わりに砂糖《さとう》を振《ふ》ってある。口に入れたときは妙《みょう》な感じがしたけど、ざらめをまぶしたおせんべいみたいで、慣《な》れると悪くない。祖父《じい》ちゃんが生きていたら、面白がったろうな。「こいつは乙《おつ》だの」とつぶやく顔が目に浮《う》かぶ。

## 3

寺子屋は相変わらずだ。

わたしは幽霊《ゆうれい》で、源三《げんぞう》の標的。いちいち両手を胸《むね》の前でたらして「うらめし屋」と言い、紙玉を投げてくるのだからご苦労なことだ。清吾《せいご》も話しかけてこない。

こっちも同じだ。庭訓往来《ていきんおうらい》も見せてやらない。

もっとも、あいつには教科書など無用だろうけど。清吾《せいご》は読み書き算盤《そろばん》、何でもできる。寺子屋で学ぶことなどなさそうな、そういうところも小癪《こしゃく》で、無視《むし》を決め込《こ》んでいた。梅雨《つゆ》の間中ずっと。近づいたのは夏になってからだ。

ある日、家のすぐ近くで、源三《げんぞう》と忠吉《ちゅうきち》の二人組に出くわした。

「よう、幽霊《ゆうれい》」

源三《げんぞう》がなれなれしく近寄《ちかよ》ってきた。無視《むし》して通り過《す》ぎると、小走りに追いかけてきて、肩《かた》をつかむ。

「おきくとの間をとりもってくれよ」

「やだよ。おきくに会いたいなら、甘味処《あまみどころ》に行けばいいじゃないか」

きっぱり返し、肩《かた》をつかんでいる源三《げんぞう》の手を払《はら》う。

「行ったぜ。けどお客が大勢《おおぜい》いて、声もかけられなかった。だから、仕方なくお前に頼《たの》むんだよ。幼馴染《おさななじ》みなんだろ。――ひょっとして、優太《ゆうた》。お前もおきくに惚《ほ》れてんのか？」

「まさか」

「じゃあ、いいだろ。俺《おれ》があの子と仲良くなっても」

源三《げんぞう》は鼻の穴《あな》をふくらませた。

「なあ、頼《たの》むぜ。間をとりもってくれたら、お前と友だちになってやるからさ」

わたしはまじまじと源三《げんぞう》を見た。大真面目《おおまじめ》な顔をしている。

「遠慮《えんりょ》しとく」

「なんでだよ。おいらと友だちになったら、子分にしてやるぜ。忠吉《ちゅうきち》みたいに」

名前を出された忠吉《ちゅうきち》が「へへ」と頭をかいた。笑っている場合か。源三《げんぞう》と忠吉《ちゅうきち》は
どうやら本物の馬鹿みたいだ。

「遠慮《えんりょ》しとくよ。じゃあ、わたしは行くから」

わたしが話を打ち切ると、源三《げんぞう》はやおら眉《まゆ》をつり上げた。

「ふざけるな。まだ話の途中《とちゅう》だぜ」

両手でわたしの衿首《えりくび》をつかみ、前後に揺《ゆ》すり上げてくる。忠吉《ちゅうきち》が源三《げんぞう》に加勢《かせい》し、後ろから胴《どう》に腕《うで》を回してくる。

「痛《いた》いってば」

旅籠《はたご》がたちならぶ宿場町はどこも晩《ばん》ご飯の仕込《しこ》みで忙《いそが》しい。往来《おうらい》を行き交う人々はみな早歩きで、ちらとこちらを見ても、子ども同士《どうし》のじゃれ合いとみなして行ってしまう。

どう逃《に》げようか算段《さんだん》していると、源三《げんぞう》がわたしの後方を見上げ、声を荒《あら》らげた。

「何見てるんだよ」

ふり返ると、清吾《せいご》がいた。しらけ顔をして、こちらを見ている。

「どっか行けって」

源三《げんぞう》が目をつりあげても、清吾《せいご》は動じない。源三《げんぞう》が迫力負けして、わたしの衿首《えりくび》から手を離《はな》した。忠吉《ちゅうきち》も胴《どう》に回していた腕《うで》を外す。つま先立っていた両足が地面についた。

「なあ、聞いてくれよ」

清吾《せいご》は敵《てき》に回さず、味方に引き込《こ》むほうが得《とく》だと考えたのか、源三《げんぞう》が声の調子を変えた。

「幽霊《ゆうれい》？」

「こいつ幽霊野郎《ゆうれいやろう》のくせに、おいらに楯突《たてつ》くんだ。生意気だろ？」

ようやく清吾《せいご》が口を開いた。眉《まゆ》をひそめ、怪訝《けげん》そうに問い返す。

「聞きたいなら、詳《くわ》しく教えてやる」

「ほう。ぜひ聞かせてもらおう」

源三《げんぞう》がニヤリとした。清吾《せいご》が話に乗ってきたのが嬉《うれ》しいのだ。

「こいつの家、旅館なんだけどよ。子どもの幽霊《ゆうれい》が出るんだ。町中の噂《うわさ》なんだ。しかもその幽霊《ゆうれい》、こいつの兄ちゃんなんだぜ」

「幽霊《ゆうれい》が名乗ったのか？　大したもんだな。よくしつけられた幽霊《ゆうれい》だ」

清吾《せいご》が感心顔で言うと、源三《げんぞう》は声を裏返《うらがえ》らせて笑った。

「おもしれえ。河村《かわむら》さまは話がわかるな」

「で、お前は見たのか」

「おいらは見てねえよ。同じ町に住んでるのに、わざわざ旅館に泊《と》まるわけないだろ。幽霊《ゆうれい》の話はおとっつぁんに聞いたんだ」

「なるほど。父上が幽霊《ゆうれい》をご覧《らん》になったか」

「違《ちが》うよ。おとっつぁんもこいつん家《ち》なんか泊《と》まらねえ。うちのほうがでかいし、よっぽど居心地《いごこち》がいいからな」

「ならば誰《だれ》が見たんだ」

「泊《と》まり客だよ。おとっつぁんは町役人だから、町のことは何でも知ってるんだ」

「要するに、父上の受け売りか」

「なんでえ、その言い方。せっかく教えてやったのに」

「こんな与太話《よたばなし》と知っていたら、端《はな》から耳も貸《か》さなかったんだが。しかし、くだらん。よくそんな与太話《よたばなし》を信じるもんだ。尻《しり》の青い子どもじゃあるまいし。そうか。

さてはお前、まだ蒙古斑《もうこはん》があるな」

「そんなもん、ねえよ！」

かんしゃく玉を爆発《ばくはつ》させて、源三《げんぞう》がわめいた。

「むきになるのは図星だからだ。そうか、お前。やっぱり尻《しり》が青いか」

「だから青くねえって！」

「なら見せてみろ」

尻《しり》を引っ込《こ》めるようにして、源三《げんぞう》があとずさる。

「なぜ隠《かく》す。青くないならいいだろ。むつきをつけているから恥《は》ずかしいのか？」

源三《げんぞう》はゆで蛸《だこ》みたいに赤くなった。金魚のふんの忠吉《ちゅうきち》と一緒《いっしょ》になって鼻息を荒《あら》くする。

「人のこと、こけにすんな。先生に言いつけるぞ」

「好きにしろ。どうせお前が恥《はじ》をかくだけだ。好きなだけ天に唾《つば》すればいい」

清吾《せいご》はいきなりむずかしいことを言った。源三《げんぞう》が首をひねる。

『こけ』とは、もとは仏教《ぶっきょう》の言葉で、実《じつ》をともなわないことを言う。お前がしゃべり散らしている、くだらん噂話《うわさばなし》のことだな。だから天に唾《つば》すると言ったんだ。お前がついた悪態《あくたい》は全部お前に返ってくる」

「さっぱりわかんねえ」

源三《げんぞう》はぽかんと口を開けた。

「要するに、お前はたわけ者だと言ってるんだ」

「なにい！」

「聞こえなかったか。ならば、もう一度言ってやろう。たわけ者め」

「うるせえ、黙《だま》れ！」

いいぞ、もっと言ってやれ。

源三《げんぞう》が言い負かされているのを見るのは小気味よかった。ほくそ笑んだのが見えたのか、すごい形相《ぎょうそう》でにらまれた。やばい。八つ当たりしてくるぞと思ったら、案の定また衿《えり》をつかみかかってくる。刹那《せつな》、清吾《せいご》が源三《げんぞう》の腕《うで》をつかんだ。動きが速い。

源三《げんぞう》はたたらを踏《ふ》み、つんのめった。舌打《したう》ちしてわたしの衿《えり》から手をはなす。

「まあ、今回は見逃《みのが》してやるよ」

源三《げんぞう》がにくらしげに言い捨《す》てた。

「よかったな、幽霊《ゆうれい》。お侍《さむらい》さまのおかげで助かって」

甲高《かんだか》い声でわめいてから、忠吉《ちゅうきち》をつれ、あたふたと逃《に》げていく。ふん、負け犬め。べえ、と舌《した》を出して二人を見送り、衿《えり》を直しながら、わたしは清吾《せいご》を見上げた。

「ありがとう、河村《かわむら》さま。おかげで助かった」

感謝《かんしゃ》を込《こ》めて笑みを向けると、清吾《せいご》は冷たい目をしてこちらを見下ろした。

「別に助けたおぼえはない」

きつい言葉を残し、さっさと行ってしまう。わたしは清吾《せいご》を追いかけ、つめよった。

「じゃあ、どうして源三《げんぞう》をやっつけたのさ」

「往来《おうらい》で堂々《どうどう》と与太話《よたばなし》をしているのが耳に障《さわ》ったんだ。別に貴公《きこう》を助けるためではない」

「ねえ。その高慢《こうまん》ちきな口のきき方、どうにかならないかな」

「気に障《さわ》るなら、話しかけなくてもいいぞ」

「ひどい言い方だね。わたしが町人だからって見下してるのかい？」

「いや」

「だったら普通《ふつう》にしゃべってよ。同じ寺子屋の仲間じゃないか。袖《そで》ふりあうも多少の縁《えん》とも言うし」

「多生、だ」

首をかしげると、清吾《せいご》は片方《かたほう》のくちびるを持ち上げた。意地悪そうで、嫌《いや》な感じ。

「ま、わからなければいい」

一方的に話を終わらせ、清吾《せいご》はどんどん行ってしまう。

やっぱり、嫌《いや》なやつ！　一瞬《いっしゅん》でも、見直そうとしたのが間違《まちが》いだ。前言撤回《ぜんげんてっかい》。もういいよ、ときびすを返そうとしたら、清吾《せいご》が話を蒸《む》し返してきた。

「ところで、貴公《きこう》の兄上はなぜ幽霊《ゆうれい》と噂《うわさ》されているんだ」

「河村《かわむら》さまには関わりのないことだよ」

「さっきもあの馬鹿に申した通り、幽霊《ゆうれい》が名乗るわけでなし。なぜ、そなたの兄上とわかる」

黙《だま》ったまま答えずにいると、清吾《せいご》が足を止めてわたしの横顔を覗《のぞ》き込《こ》んだ。

胸《むね》のうちを見透《みす》かされそうで、目を逸《そ》らした。

「亮太《りょうた》は幽霊《ゆうれい》じゃない」

「ほう。兄上は亮太《りょうた》どのと申されるか。で、どこから噂《うわさ》が出てきた」

「知るもんか。源三《げんぞう》に聞いてよ」

「あいつの戯言《ざれごと》を信じろと言うなら、そうするが。貴公《きこう》はそれでいいのか？」

しつこいやつ。わたしは鼻の頭をかき、はあ、とため息をついてみせた。

「みんな馬鹿なんだよ。つまらない噂話《うわさばなし》を信じちゃって」

「少なくとも、俺《おれ》は噂話《うわさばなし》には耳を貸《か》さない。自分で見たわけでもないのに、受け売りを鵜呑《うの》みにするのは、源三《げんぞう》とその金魚の糞《ふん》のようなたわけ者だ」

「たしかに、源三《げんぞう》はいろはも満足に書けないけどね」

「あいつ、いくつだ」

「十二。わたしと一緒《いっしょ》」

「へえ、俺《おれ》も」

清吾《せいご》が目許《めもと》をほころばせ、一文字《いちもんじ》に結んだ唇《くちびる》を横に広げた。思わず、こちらも笑顔になる。

「源三《げんぞう》のやつ、うちの屋号の〈うらざと屋〉をもじって、〈うらめし屋〉って呼《よ》んでる」

「安直な。いかにもやつが言いそうだ」

だよね。でも、寺子屋ではその呼《よ》び方がすぐ広まった。源三《げんぞう》は読み書きが苦手なくせに、悪口を思いつくのは得意《とくい》なんだ。

「くだらん噂《うわさ》でも広がれば商いにケチがつく。さっさと手を打つことだな」

「商家の子は喧嘩《けんか》できないんだ。みんなお客さまだからね」

「金持ち喧嘩《けんか》せずか」

「うちは金持ちじゃないよ」

「そうか？　いいものを着ているじゃないか。俺《おれ》とは大違《おおちが》いだ」

わたしが着ている紺絣《こんがすり》は、さして贅沢《ぜいたく》なものではない。ごくありきたりの木綿《もめん》もので、背丈《せたけ》が伸《の》びても着られるよう肩揚《かたあ》げもついている。

清吾《せいご》が着ているのはどう見ても古着だ。それも、かなり年季が入っている。

「どうしてそんな目で見る。すり切れた着物がめずらしいか。それとも同情《どうじょう》してるのか？」

「してないよ」

口では否定《ひてい》したけど、当たりだ。清吾《せいご》の着ている灰色《はいいろ》の木綿《もめん》ものは、ところどころ繕《つくろ》ったあとがある。生地《きじ》もぺらぺらで、ちょっと強く引っ張《ぱ》ったら破《やぶ》れそうだ。

「子どもはすぐに背丈《せたけ》が伸《の》びるし、何だかんだと汚《よご》すことも多いから、古着のほうが気兼《きが》ねしなくていいよね。――ん？　どうして笑うんだい」

「すまん。近所のおかみのような口をきくから、おかしくてな」

「いいじゃない。古着は重宝《ちょうほう》だよ」

「そう言ってくれるのは貴公《きこう》だけだ。俺《おれ》はしょっちゅう父さんに叱《しか》られる。たけのこでもあるまいし、そんなに伸《の》びることはないとな」

啞然《あぜん》とした。

「何それ。背《せ》が伸《の》びるのはいいことなのに」

「たけのこならな」

「子どもなら尚更《なおさら》だよ。親なら喜《よろこ》ぶところじゃないか」

「まあ、俺《おれ》の心配はいい。それより、噂《うわさ》で困《こま》っているなら源三《げんぞう》に言ってやろうか」

「ありがたいけど、いいよ。源三《げんぞう》が言っただろ、あいつのおとっつぁんは町役人なんだ」

「苦情《くじょう》を申し入れては都合が悪いか」

「そういうこと」

下手《へた》に文句《もんく》をつけ、にらまれて商売に差し障《さわ》りが出たら困《こま》る。

「人の口に戸は立てられないから、こうしている間にも、噂《うわさ》は尾《お》ひれ背《せ》びれをつけて勝手に広まるけどな。貴公《きこう》がいいって言うなら、それでいいさ」

「河村《かわむら》さまはひとが悪いなあ。他人事《ひとごと》だと思って」

「そうか？　他人事《ひとごと》なのはお前のほうだ。俺《おれ》を心配する前に自分の心配をしろ。家が傾《かたむ》けば、親子もろとも困《こま》るんだ」

言われなくてもわかっている。幽霊《ゆうれい》の噂《うわさ》のせいで、近頃《ちかごろ》うちの商売は下り坂だ。奉公人《ほうこうにん》たちも、こっそり話していた。このままでは先行きが不安でしょうがない。

今のうちに泥船《どろぶね》からおりて、他の店へ鞍替《くらが》えするのが得策《とくさく》だね、と。

「ところで、貴公《きこう》は見たことないのか？」

清吾《せいご》に問い詰《つ》められ、わたしは目を泳がせた。

あれは何だったんだろう。

春の中頃《なかごろ》、名を呼《よ》ばれた気がして目が覚めた。声をたよりに離《はな》れまでいったけど、誰《だれ》もいなかった。そのとき白い影《かげ》がいたのかどうか。渡《わた》り廊下《ろうか》も離《はな》れも真っ暗でよくわからなくて布団《ふとん》に戻《もど》り、夢《ゆめ》かうつつか、また名を呼《よ》ばれた。そういうことならある。

おかしな出来事だとは思う。でも、どうせ空耳だ。幽霊《ゆうれい》に名を呼《よ》ばれるおぼえはない。

「たぶん猫《ねこ》じゃないかな」

「猫《ねこ》だと？」

「遠目なら見間違《みまちが》えることもあるだろ。光の加減《かげん》によっては、影《かげ》は大きく伸《の》びるから」

清吾《せいご》はわたしの顔をじっと見て、腕組《うでぐ》みをした。

「ひょっとして猫又《ねこまた》かもな」

「猫又《ねこまた》って、尻尾《しっぽ》が二つに分かれてる？」

飼《か》い猫《ねこ》が二十年生きると、猫又《ねこまた》に化けると言われている。

「猫又《ねこまた》は体が大きいから、子どもと間違《まちが》えられるかもしれん。貴公《きこう》の家では猫《ねこ》を飼《か》っていたことはないのか？」

大真面目《おおまじめ》な顔をして、何を言い出すかと思えば。猫又《ねこまた》だって。あり得《え》ないよ、と笑おうとしたとき、そういえば、と思い出した。

「昔、裏庭《うらにわ》に猫《ねこ》が棲《す》みついてた。祖父《じい》ちゃんが餌《えさ》をやってるから、ずいぶん肥《こ》えてたけど」

ひょっとして、そいつが――。まさかね。猫又《ねこまた》なんて、お話の中の生きものだし。

「よし、つかまえるぞ。うまくいったら見世物にしろよ。もうかるぞ」

清吾《せいご》が腕組《うでぐ》みをとき、張《は》りきった声を出した。

「でも、本当にそいつかどうかわからないよ」

「つかまえればわかる」

「河村《かわむら》さまも手伝ってくれるのかい」

「どうして俺《おれ》が」

「言い出しっぺは河村《かわむら》さまじゃないか」

しかつめらしい顔で渋《しぶ》っているけど、内心まんざらでもなさそうだ。変なやつ。

「だって猫又《ねこまた》だろ。一人でなんて怖《こわ》いよ。うちへ泊《と》まりにきて、一緒《いっしょ》につかまえてよ」

わたしが手を合わせて拝《おが》むと、清吾《せいご》は鼻を鳴らした。

「手間賃《てまちん》をもらうぞ」

「お金をとるの？」

「当たり前だ。どこに、ただで猫又《ねこまた》をつかまえるやつがいる」

「しっかりしてるね。いくら欲《ほ》しいんだい。といっても、わたしもそんなに持ってないよ」

「なら貸《か》しにしておく」

清吾《せいご》はもったいぶった口ぶりで言う。

「出世払《しゅっせばら》いにしてやるから、いつか返せ」

「わかった」

「よし。約束な」

小指を差し出しながら、清吾《せいご》が言う。

わたしたち、友だちになれるんじゃないかな。この日、はじめて思った。町人と侍《さむらい》で身分は違《ちが》うけど、意外と話が合いそうな気がする。

それに、出世払《しゅっせばら》いと言うからには、長く付き合うつもりということだ。それが嬉《うれ》しかった。おふみと幼馴染《おさななじ》みのように、五十年も続く仲になるかもしれない。お互《たが》い白髪頭《しらがあたま》で、お酒をくみかわしながら昔話をしたりしてさ。そう考えると、わくわくする。

「猫又《ねこまた》でもうかったら、俺《おれ》にも分け前を寄《よ》こせよ」

そういう次第で、清吾《せいご》がうちへ泊《と》まりにくることになった。

# 4

清吾《せいご》が訪《たず》ねてきたのは、油蟬《あぶらぜみ》がやかましい日の夕方だった。

裏口《うらぐち》から入ってきた清吾《せいご》を、わたしは離《はな》れに案内した。

「いい家だな」

「ありがとう。ここは離《はな》れでね、死んだ祖父《じい》ちゃんが隠居住《いんきょず》まいにしていたんだ」

今夜は遅《おそ》くまで起きていて、猫又《ねこまた》が出てくるのを待つ。

出てきたら廊下《ろうか》の前と後ろを二人でふさぎ、網《あみ》にかける。そういう段取《だんど》りをおさらいしていたとき、廊下《ろうか》を歩いてくる足音がした。奉公人《ほうこうにん》のおつるが晩《ばん》ご飯の膳《ぜん》を運んできたのだ。

清吾《せいご》が姿勢《しせい》を正して低頭する。

「河村清吾《かわむらせいご》と申します。本日は手みやげも持参せず、ごちそうになってすみません」

「あら、そんな。お代わりもありますので、たんと召《め》し上がってくださいませ」

部屋を出ていくおつるを、清吾《せいご》が目で追う。

「やさしそうな母上だな。貴公《きこう》によく似《に》てる」

「おつるは奉公人《ほうこうにん》だよ。母さんは忙《いそが》しくて、子の世話まで手が回らないんだ。わたしはもともと祖父《じい》ちゃん子で、離《はな》れで育ったんだけど、今では祖父《じい》ちゃんの代わりをおつるがやってくれてるってわけ」

「跡取《あとと》り息子なのに、母親が面倒《めんどう》を見ないのか。めずらしいな」

「まあ、母さんはあまり体も丈夫《じょうぶ》じゃなくてね」

「すまん。よけいなことを言った」

「いいよ。気にしないで」

するりと口から母さんの話を打ち明けたことが、自分でも意外だった。母さんのことはあまり言いたくないから、寺子屋では隠《かく》しているのだ。

「さ、食べようよ。口に合うといいけど」

晩《ばん》ご飯にはお刺身《さしみ》を切ってもらった。

「豪勢《ごうせい》だな。貴公《きこう》の家ではいつもこんな馳走《ちそう》を食ってるのか」

「まさか。猫又《ねこまた》をおびき寄《よ》せるためだよ。裏庭《うらにわ》に棲《す》んでたやつの好物だったんだ」

「それで刺身《さしみ》か。相伴《しょうばん》できてありがたい。猫又《ねこまた》さまのおかげだな」

清吾《せいご》は行儀《ぎょうぎ》がいい。箸使《はしづか》いもきれいで、食事中も背筋《せすじ》が伸《の》びている。さすがお侍《さむらい》の子だ。

「うちも母親はいない。ずっと父親と二人暮《ふたりぐ》らしだ」

打ち明け話をしたお返しか、清吾《せいご》が教えてくれた。

「ま、うちは離縁《りえん》だがな。俺《おれ》の母親は亭主《ていしゅ》に見切りをつけて出ていったんだ。いつまでも浪人《ろうにん》で貧乏暮《びんぼうぐ》らしだから、嫌気《いやけ》がさしたんだろ。うちでは刺身《さしみ》など盆暮《ぼんく》れでもなければ食えん」

平然とした顔で清吾《せいご》は語り、刺身《さしみ》に舌鼓《したつづみ》を打った。

「どの家にもいろいろあるよね」

わたしが言うと、清吾《せいご》はふきだした。

「おばさんみたいだな」

「それは河村《かわむら》さまのほうだよ。手みやげのことなんか気にしてさ。子どもなんだから、ざっくばらんにいこうよ」

「だったら、貴公《きこう》もそれを止《や》めろ」

「何のこと？」

「河村《かわむら》さまってやつだ。ざっくばらんでいきたいなら、貴公《きこう》もそうしろ。俺《おれ》は浪人《ろうにん》の子で、うだつの上がらぬ親父《おやじ》と長屋に暮《く》らしている身だ。さまを付けて呼《よ》ばれるのは性《しょう》に合わん」

「それなら、『貴公《きこう》』も止《や》めてよ。どうにもむず痒《がゆ》くて。わたしのことは優太《ゆうた》でいいから」

「なら俺《おれ》も清吾《せいご》だ」

いくら何でも、侍《さむらい》の子を呼《よ》び捨《す》てにするのは気がひけるけど、

「文句《もんく》あるか？」

清吾《せいご》に見据《みす》えられ、断《ことわ》れなかった。

「……ない」

わたしの返事を聞くと、清吾《せいご》は白い歯を見せて笑った。

「じゃあ決まりな、優太《ゆうた》」


その日は清吾《せいご》と二人でお櫃《ひつ》を空《から》にした。

ご飯はもちろん、食後のすいかもぺろりと平らげたものだから、おつるは目を丸くした。日頃《ひごろ》は食が細いほうなのに、清吾《せいご》と一緒《いっしょ》だとご飯がおいしくて気づけば茶碗《わん》が空《から》になっていた。それにしても清吾《せいご》の食べっぷりには感心する。これだから、たけのこみたいに背《せ》が伸《の》びるのだろう。

膳《ぜん》を片付《かたづ》けた後、おつるが布団《ふとん》を敷《し》きにきた。

「今のうちにお風呂《ふろ》に入ろうか」

「俺《おれ》はいい」

わたしが風呂《ふろ》に誘《さそ》うと、清吾《せいご》はかぶりを振《ふ》った。

「ここへ来る前、家で体を拭《ふ》いてきた。それに風呂《ふろ》は苦手なんだ。熱くてすぐのぼせる」

背中《せなか》を流しあいたかったけど、のぼせ癖《ぐせ》があるのでは仕方ない。お風呂《ふろ》に入るのは寝《ね》る前にしよう。このときはそう思ったけど、結局入らずじまいだった。


夜中、おかしな物音に気づいた。

行灯《あんどん》も消えて真っ暗な部屋の中で目を開けた。おしゃべりしながら猫又《ねこまた》が出てくるのを待つはずが、いつの間にか寝入《ねい》っていた。

ひい――、ひ、ひ、ひ――。

かすかな悲鳴みたいな、細い声。離《はな》れにいると物音はすぐ近くに聞こえた。

嫌《いや》だな。どうしてこんなときに限《かぎ》って厠《かわや》へ行きたくなるんだろ。すいかを食べたせいかな。とても朝まで辛抱《しんぼう》できそうにないと、もぞもぞしていると、いきなり布《ふ》団《とん》をひっぺがされた。

「おい、起きろ」

「な、なんだ、清吾《せいご》か。びっくりさせないでよ」

あやうく小便をもらすところだったじゃないかと、そこだけ口の中でぼやく。

「廊下《ろうか》にいるみたいだな。行くぞ」

あわてて後を追いかけたら、柔《やわ》らかなものにぶつかり、ぼんと跳《は》ね返った。すわ猫又《ねこまた》の腹《はら》かと思いきや蚊帳《かや》だった。おつるが吊《つ》るしてくれたものらしい。くっくっ、と清吾《せいご》が笑いをこらえる。

「早く来いよ。逃《に》げられるぞ」

蚊帳《かや》の外から手招《てまね》きされ、腹《はら》を決めて廊下《ろうか》に出た。ぺたりと足裏《あしうら》がくっつく。清《せい》吾《ご》について後に続いた。ひい、ひいぃ。すすり泣く声をたよりに、にじり足で渡《わた》り

廊下《ろうか》を進む。

「おい、帯をつかむな」

「わかってるよ」

「なら離《はな》せ。歩きにくくてかなわん」

ぼやいた後、清吾《せいご》が足を止めた。

「中じゃないな。外だ」

「え、どこ?」

汗《あせ》ばんだ清吾《せいご》の広い背中《せなか》にすがりついて、耳を澄《す》ませた。細い声が聞こえる。

ひい、ひ、ひ、ひ。

かすれた声が耳にからみつく。

渡《わた》り廊下《ろうか》を引き返し、清吾《せいご》と二人で裏庭《うらにわ》に出た。月と星の光が近くなる。

昼間たっぷりお天道《てんと》様にあぶられた地面は、真夜中になってもぬくかった。だんだん声が遠くなる。いくら家の中より明るいといっても、足下《あしもと》は真っ暗だ。清吾《せいご》の姿《すがた》がやっと見えるくらいで、辺りは闇《やみ》につつまれている。

「声が消えたな。逃《に》げられたか」

清吾《せいご》が舌打《したう》ちした。たしかに物音が消えている。

「しょうがない。また別の日に仕切り直そうぜ」

やれやれ、やっと厠《かわや》へ行ける。用をすませて戻《もど》ると、清吾《せいご》が縁側《えんがわ》に立っていた。

人差し指を立てて口に当て、目顔でわたしを呼《よ》ぶ。

「いたぞ」

さっそく縁側《えんがわ》を下り、裏庭《うらにわ》を駆《か》けていく。今度こそと思いきや、清吾《せいご》がつんのめった。石か何かにつまずいたのだろう。転んだきり、しばらく待っても起きてこない。

「河村《かわむら》さま！」

声がひっくり返った。母屋《おもや》からの助けを呼《よ》ぼうときびすを返した途端《とたん》、ぐいと帯を引っ張《ぱ》られた。

「……その呼《よ》び方は止《よ》せと言ったろ」

「ああ、よかった。生きてるんだね」

「当たり前だ。それより見えるか？　すぐ後ろにいるぜ」

わたしの帯をつかんだまま、清吾《せいご》が背後《はいご》を指差す。

どん、と心の臓《ぞう》がはねた。

ふり向くと、少し離《はな》れたところに、白い影《かげ》が見えた。……本当だ。いる。

「ひょっとして幽霊《ゆうれい》かな。——そんなわけないか。じゃあ何だろ」

「そいつをたしかめろと言ってるんだ」

清吾《せいご》に尻《しり》を押《お》され、わたしはしぶしぶ近づいた。

その気配を察したのか、白い影《かげ》が駆《か》け出した。すばしっこくて逃《に》げ足が速い。

あっという間に裏庭《うらにわ》を突《つ》っ切り、どこかへ姿《すがた》を消した。裏庭《うらにわ》の端《はし》まで行っても見当たらない。垣根《かきね》に頭を突《つ》っ込《こ》み、向こう側を覗《のぞ》いてみると——いた。

急いで垣根《かきね》の外へ出て追いかけ、間合いを詰《つ》める。

白い影《かげ》は三尺《しゃく》弱ほどのところで浮《う》いていた。変なの。よくわからないけど、つかまえれば正体がわかる。尻込《しりご》みしたい気持ちを押《お》し殺《ころ》し、えいっとばかりに飛びつくと——、ふわんとしたものにぶつかった。

「きゃっ」

あれ？　幽霊《ゆうれい》にしては可愛《かわい》い声だ。

「何よ、いきなり」

じっと闇《やみ》に目をこらすと、浴衣姿《ゆかたすがた》がぼんやり浮《う》かんできた。きっちり合わせた衿《えり》元《もと》から、細い首がのび、その上に小さな瓜実顔《うりざねがお》がのっている。

「いつまで抱《だ》きついてるつもり？　離《はな》してよ」

ぱちんと頬《ほお》をたたかれた。

抱《だ》きついた相手は、幼馴染《おさななじ》みのおきくだった。ふところに白うさぎを抱《だ》いている。

# 5

噂《うわさ》は笑い話になった。

あの晩《ばん》、裏庭《うらにわ》で騒《さわ》いでいるところへ、おつるが行灯《あんどん》を手に駆《か》けつけてきた。清吾《せいご》は転んだ拍子《ひょうし》に足をひねったようだ。痛《いた》そうに手で足首をさすっている。着物の裾《すそ》をめくると、脛《すね》にまで大きな痣《あざ》ができていた。

これは大変と、おつるは母屋《おもや》へ薬をとりに引き返した。父さんまで駆《か》けつけてきて、幽霊騒《ゆうれいさわ》ぎの一件《いっけん》を打ち明ける羽目になった。

謎《なぞ》がとけてみれば、単純《たんじゅん》な話だった。お客が見たのはうさぎ。裏庭《うらにわ》から離《はな》れに上がり込《こ》み、渡《わた》り廊下《ろうか》を伝って母屋《おもや》まで来ていただけ。

それにしても、うさぎだったとは。確《たし》かに白いけど。

わたしの膝《ひざ》の上にすっぽり収《おさ》まるくらいだから、影《かげ》だって小さいはずだ。たぶん天井から吊《つ》るした八間《はちけん》の上にでもよじ登っていたのだろう。光の近くにいると影《かげ》は長く伸《の》びる。そのせいで、お客はうさぎを子どもの幽霊《ゆうれい》と思い込《こ》んだのだ。

おきくは夜中に目を覚まし、枕《まくら》もとに置いておいたうさぎの寝床《ねどこ》が空《から》なのに気づいて、裏庭《うらにわ》までさがしにきたらしい。

前から幽霊《ゆうれい》の正体はうさぎではないかと疑《うたが》っていたみたいだ。おきくは春から、おふみと一緒《いっしょ》に甘味処《あまみどころ》に居候《いそうろう》している。祖父《じい》ちゃんが与《あた》えた家が古くなり、雨漏《あまも》りするので、屋根をはがして直すことになったのだ。他にも壁《かべ》やら柱に手を入れるそうで、大工が入っている間、おふみと二人で甘味処《あまみどころ》の厄介《やっかい》になっている。

うさぎはめったに鳴かないが、怒《おこ》るとキイキイとかキュウキュウと声を上げる。

今夜、おきくは妙《みょう》な物音で目を覚まして、声をたよりに台所へ行った。すると、甘味処《あまみどころ》の主《あるじ》がうさぎを叩《たた》いているのを見つけた。おきくの気配に気づき、主《あるじ》がひるんだ隙《すき》にうさぎは逃《に》げ出し、おきくを振《ふ》り切り、そのまま慣《な》れた元の家に戻《もど》ってきて、縁側《えんがわ》からうちの離《はな》れへヒョイと入った。よほど叩《たた》かれるのが怖《こわ》かったのだ。

食べものを出す商いをしているだけに、主《あるじ》はうさぎを疎《うと》んじていた。おきくに頼《たの》まれ引き受けたものの、本当は追い出したかったようで、手を上げたのも一度や二度ではないらしく、今やうさぎは主《あるじ》を見るたびキイキイと悲鳴を上げ、甘味処《あまみどころ》を飛び出そうとするらしい。

清吾《せいご》も、噂《うわさ》の正体は動物だと当たりをつけていたのだという。猫《ねこ》かイタチか、ハクビシン。そんなところだと思っていたのだとか。

「猫又《ねこまた》じゃなかったね」

「まさか、優太《ゆうた》。俺《おれ》が本気で猫又《ねこまた》をつかまえる気でいると思ったか」

むっとしたわたしの顔を、清吾《せいご》が覗《のぞ》き込《こ》んでくる。

「怒《おこ》るなよ。本当に猫又《ねこまた》ならおもしろいとは思ってたんだぜ」

「うさぎじゃ見世物にできないな。分け前はあげられないよ」

「あーあ。これでやっと貧乏暮《びんぼうぐ》らしから抜《ぬ》けられると思ったのにな」

残念ながら、幽霊《ゆうれい》を見世物にする夢《ゆめ》は消えた。

でもおかげで、〈うらめし屋〉の噂《うわさ》も消えた。清吾《せいご》とはすっかり仲良くなった。そればかりか、近頃《ちかごろ》は寺子屋へ行くと、みんなが声をかけてくる。あの晩《ばん》のことを話すと感心される。自分たちで幽霊《ゆうれい》をつかまえようとするなんて勇敢《ゆうかん》だって。実際《じっさい》つかまえたのはうさぎだけどね。オチを言うと、どっと盛《も》り上がる。

源三《げんぞう》もわたしをからかわなくなった。下手なことを言って、清吾《せいご》ににらまれるのが怖《こわ》いのだ。それに、幽霊《ゆうれい》の正体がおきくのうさぎとなると、腹《はら》いせにつかまえて鍋《なべ》にしてやる――なんて悪い冗談《じょうだん》を言うのもはばかられる。

もう〈うらめし屋〉とは呼《よ》ばせない。寺子屋では、おきくに抱《だ》きついたことは内緒《ないしょ》にしている。そうと知れば、源三《げんぞう》は角《つの》を生やして怒《おこ》るだろう。それから、もう一つ。源三《げんぞう》に内緒《ないしょ》にしていることがあった。

うさぎはわたしの家にいる。もう飼《か》えないからと、おきくに託《たく》された。

甘味処《あまみどころ》の主《あるじ》は謝《あやま》ってくれたが、だからといって、もう置いておけない。とはいえ屋根が治るまでにはまだ間があるということで、わたしにお鉢《はち》が回ってきた。商いをしている母屋《おもや》には連れていけないから、離《はな》れで飼《か》っている。

おきくはたびたび、うさぎの様子を見にくる。やむなく託《たく》したものの、わたしがちゃんと世話をしているか心配なのだ。

夕方、縁側《えんがわ》でうさぎに青菜を与《あた》えていると、今日も来た。小さい頃《ころ》のように器用に垣根《かきね》の隙間《すきま》から入ってきて、持参したざるをわたしに突《つ》き出す。見ると、ヨモギの葉が入っている。

「上がりなよ。ちょうど餌《えさ》をやってたところなんだ」

「青菜？　いいものを食べさせてもらってるわねえ」

縁側《えんがわ》に腰《こし》を下ろしたものの、わたしには目も向けず、うさぎに話しかける。

「台所の余《あま》り物だよ」

「うちでは青菜が余《あま》ったことなんてないけど。切れ端《はし》も残さず食べるから」

「せっかく持ってきてくれたんだ、そっちを食べさせるよ」

わたしがざるに手を伸《の》ばすと、おきくはさっと後ろ手に隠《かく》した。

「青菜の味を覚えたら、もう道端《みちばた》の草になんか鼻も引っかけないわよ」

ふと、うさぎが顔を上げた。桃色《ももいろ》の鼻をひくひくさせ、おきくの後ろへ回り込《こ》み、ざるへ鼻を突《つ》っ込《こ》む。

「喜《よろこ》んでる。青菜よりヨモギなんだな」

「好物だもの」

やっと、おきくがこちらを見た。

「わかった。明日からヨモギを与《あた》えるよ。他に何が好きなんだい？」

「オオバコにナズナ。一番好きなのはたんぽぽの葉っぱ。もう季節が終わっちゃったけど」

「へえ、全部うちの裏庭《うらにわ》にあるものばかりだ」

「その辺の路地にも生えてるわよ。うちではそうやって飼《か》ってたの。急に贅沢《ぜいたく》なものを食べさせたら、お腹《なか》をこわすわ」

「ごめん、そこまで考えてなかった」

「人よりずっと小さい体なんだから、気をつけてあげて」

おきくがうさぎの頭に手をのせた。

「よかったわね、ここは好物がたくさんあって。食べきれないわね」

「春にはたんぽぽも咲《さ》くよ」

「知ってる」

まあ、そうか。幼馴染《おさなじ》みなのだ。この裏庭《うらにわ》のことなら、おきくはよく知っているはずだ。

「来年の春には、たんぽぽの綿毛《わたげ》を片《かた》っ端《ぱし》から吹《ふ》くよ。そうすれば、再来年《さらいねん》の春には裏庭《うらにわ》がたんぽぽだらけになる」

おきくは黙《だま》ってうさぎをなでている。

「――なんて、気が早いか。再来年《さらいねん》の話なんて鬼《おに》が笑う」

はは、と笑って口をつぐみ、白い横顔を盗《ぬす》み見る。睫毛《まつげ》が長い。丸い頬《ほお》はまばらな産毛が光っていて、なるほど桃《もも》みたいだ。首筋《くびすじ》の辺りから、いいにおいもする。

「そうだ。この間、おふみにおかきをもらったよ」

心の臓《ぞう》がどきどき鳴り出したのをごまかしたくて言った。

「たまたま家の前で会ってね。たくさん揚《あ》げたからってお裾分《すそわ》けしてもらった」

おきくは顔を上げなかった。

「砂糖《さとう》をまぶした甘《あま》いおかきでさ。おきくも食べた？」

返事をしてくれないから、まるきりひとり言だ。つまらなくなって下を向き、足をぶらぶらさせていたら、六畳間《じょうま》から清吾《せいご》が出てきた。

すかさず、おきくが顔を上げる。

「こんにちは、河村《かわむら》先生」

明るい声。わたしと一緒《いっしょ》にいるときとは大違《おおちが》いだ。自分から声をかけ、笑顔まで浮《う》かべている。

少し前から、清吾《せいご》はおふみに仮名文字《かなもじ》を指南しているのだ。だから「先生」。

おふみは寺子屋が終わる頃合《ころあ》いに離《はな》れへやって来て、日暮《ひぐ》れまで六畳間《じょうま》で、清吾《せいご》について手習いをしていく。

一度、六畳間《じょうま》をのぞいたことがある。

清吾《せいご》は真剣《しんけん》な面持ちでおふみの隣《となり》へつき、手習いの文字に朱《しゅ》を入れていた。その手本がすごく上手だった。教え方も丁寧《ていねい》で、わたしは少し驚《おどろ》いた。

おふみはこれまで手習いをしたことがなかったようで、ひらがなの「は」や「ま」を逆《さか》さに払《はら》ってしまう癖《くせ》がある。それが中々直らなかった。間違《まちが》えても清吾《せいご》は叱《しか》らない。おふみが筆を持つ手を後ろから支《ささ》え、一緒《いっしょ》に書いてみせる。正しく書けるまで何度も、書き順を体にしみこませるように繰《く》り返す。二人の邪魔《じゃま》にならないよう、わたしはそっと六畳間《じょうま》から出た。

「精進《しょうじん》しているみたいだね」

手習いが終わると、おふみは見るからにぐったりしている。でも、楽しいみたいだ。声をかけると、顔をくしゃくしゃにして笑う。

「いい先生に引き合わせていただきましたから、張《は》りきってるんですよ。亮太坊《りょうたぼ》っちゃんのおかげです」

「だから優太《ゆうた》だって」

「あいすみません、わたしったらまた……」

「いいよ」

おふみに悪気がないのはわかっている。きっと書き順を覚えるので精一杯《せいいっぱい》で、他のことは頭からこぼれてしまうのだ。


手習いが終わると、おつるがおやつを運んでくる。おふみは遠慮《えんりょ》して甘味処《あまみどころ》へ引き上げるから、たいてい清吾《せいご》と二人で食べる。

でも、今日はおきくがいる。夕涼《ゆうすず》みがてら、縁側《えんがわ》で三人ならんでおやつを食べた。

わたしが真ん中で、両隣《りょうどなり》が清吾《せいご》とおきく。今日のおやつはところてんだ。

おきくは中々食べようとしなかった。清吾《せいご》の前で、すする音を立てるのが恥《は》ずかしいのかもしれない。わたしは先陣《せんじん》を切った。おきくの分までずるずる音をさせて、盛大《せいだい》にすする。

「そんなに好きなのか？」

清吾《せいご》が呆《あき》れて言うのに、大きくうなずく。

「夏はところてんが一番だよね。酢醤油《すじょうゆ》がさっぱりしておいしい」

「上方《かみがた》では蜜《みつ》をかけるらしいぞ」

「甘《あま》いところてんか。おもしろいね。ためしに食べてみたいな」

「そうか？　俺《おれ》は甘《あま》いものは苦手なんだ。しかも暑いときに甘《あま》ったるいのはちょっとなあ」

話しながらも、清吾《せいご》はおきくの顔ばかり見ている。おきくも同じ。間に挟《はさ》まれていると、目の端《はし》に二人の視線《しせん》がちらついてこっちのほうが落ち着かない。

「おいしいですよ」

横からおきくが口をはさむと、清吾《せいご》はむせた。

「蜜《みつ》をかけたところてん。くずきりみたいで乙《おつ》なんです」

清吾《せいご》がこっちを見た。違《ちが》う。お前だよと、目で知らせてやると、指で自分の顔を指差し、無理やりところてんを呑《の》み込《こ》む。

「うちのお店でも、注文があれば出しますよ。今度いらしてください。ご馳走《ちそう》しますから」

「それでは申し訳《わけ》ない。ちゃんとお代を払《はら》います」

「いいんです。お祖母《ばあ》ちゃんによくしてくださっているお礼ですから。——それに河村《かわむら》さまみたいな方がいらしたら、女のお客さんが喜《よろこ》びます」

いやあ、と清吾《せいご》が頭をかいた。顔が赤い。おきくは口に手を当て、くすくす笑っている。見ればこちらも耳たぶを赤くしている。見ていられず、ひたすらところてんをすった。

なにが黒蜜《くろみつ》だ。ところてんに黒蜜《くろみつ》なんて邪道《じゃどう》。やっぱり酢醤油《すじょうゆ》だよ、と胸《むね》のうちで文句《もんく》を並《なら》べた。たぶん、今のわたしは口がへの字に曲がっている。

おきくと清吾《せいご》はこっそり相手を眺《なが》めては、目が合うと、弾《はじ》かれるように下を向く。でも、すぐにまたお互《たが》いを見る。

そういう場面を芝居《しばい》で見たことがある。祖父《じい》ちゃんに連れていってもらった文楽《ぶんらく》で、振袖《ふりそで》の娘《むすめ》と若侍《わかざむらい》が同じことをしていた。おきくは文楽《ぶんらく》人形の娘《むすめ》とそっくりに、袂《たもと》の先を握《にぎ》って、はじらっている。

二人が主役なら、わたしは何だ。清吾《せいご》の引き立て役といったところか。芝居《しばい》の端《は》役《やく》。小町娘《こまちむすめ》と見目のいい侍《さむらい》の後ろで突《つ》っ立っている、間抜《まぬ》けな指人形だと思うと、ところてんの味がしなくなった。

わたしの前で、おきくは耳たぶを赤くしたりしない。手で口を押《お》さえ、気取った声で笑うこともない。今のおきくはわたしの知らない娘《むすめ》みたいだ。

幽霊騒《ゆうれいさわ》ぎの後、おふみは肩《かた》を落としていた。自分のところのうさぎが〈うらざと屋〉に迷惑《めいわく》をかけていたと知り、元奉公人《ほうこうにん》として心苦しかったようだ。どうにか元気づけてやろうと、清吾《せいご》に仮名文字《かなもじ》の指南を頼《たの》んだのだ。そのことを、今はちょっと悔《く》やんでいる。

おふみの喜《よろこ》ぶ顔を見ると嬉《うれ》しい。そう思っているのは本当だし、清吾《せいご》にも感謝《かんしゃ》している。なのに、近頃《ちかごろ》は清吾《せいご》が離《はな》れにあらわれると、胸《むね》が暗くなる。早く帰ればいいのにと胸《むね》のすみで疎《うと》んじたりして。我《われ》ながら身勝手で嫌《いや》になる。

ところてんを食べ終わると、することがなくなった。手持ち無沙汰《ぶさた》になってうさぎを見たら糞《ふん》をしていた。これ幸いと二人の傍《そば》を離《はな》れ、片付《かたづ》けにいく。

縁側《えんがわ》の隅《すみ》に古い行李《こうり》の蓋《ふた》を置き、うさぎ用の厠《かわや》にしているのだが、一回教えたらすぐに場所を覚えた。おきくのしつけが良かったのか。もとから賢《かしこ》いのか。いずれにせよ、手が掛《か》からなくて助かっている。

わたしの家に来てから、うさぎは一度も鳴かない。もういじめられる心配がないからかな。祖父《じい》ちゃんの座布団《ざぶとん》でちんまり丸くなって、朝までおとなしく寝《ね》ている。

「こんにちは」

数日後、またおきくが来た。清吾《せいご》がおふみの指南をはじめてからというもの、三日と空けずに通ってくる。甘味処《あまみどころ》が暖簾《のれん》を下ろし、後片付《あとかたづ》けをしてから急いでやってきて、おふみの稽古《けいこ》が終わるのを待つ。たまに六畳間《じょうま》で一緒《いっしょ》に手習いすることもある。おきくは縁側《えんがわ》に上がると、当然のように清吾《せいご》の隣《となり》へ腰《こし》を下ろした。

「やあ、ちょうどいいところに来ましたな」

おきくと話すとき、清吾《せいご》は声が大きくなる。おきくは反対に声が小さくなる。

「今日のおやつは白玉《しらたま》なんです。よかったら食べませんか」

「清吾《せいご》さんの分でしょう。食べたりしちゃ悪いわ」

「遠慮《えんりょ》しなくていいですよ。俺《おれ》は麦茶で十分」

「でも、やっぱり悪いから。清吾《せいご》さんが食べて」

「じゃあ、半分こにしましょう。交代でつつけばいい」

清吾《せいご》の言葉におきくが頬《ほお》を染《そ》める。

河村《かわむら》先生ではなく、清吾《せいご》さん。清吾《せいご》の名を口にするのが嬉《うれ》しい、おきくはそんな顔をしている。わたしをつまはじきにして、二人は親しくなっていく。

「おきくの分も持ってきてもらおうか?」

「あ?」

清吾《せいご》が振《ふ》り向く。ふいに声をかけたものだから、口許《くちもと》がゆるんでいる。

「白玉《しらたま》。おつるに頼《たの》めば、すぐにもう一人分持ってきてくれるよ」

「いいよ。忙《いそが》しいのにご迷惑《めいわく》だろ」

「だったら、わたしの分をあげるよ。うちはこの後、すぐに夕ご飯だから」

白玉《しらたま》は好物だけど、二人が一つの皿をつつくのを見せられるよりいい。やせ我慢《がまん》をするわたしの横で、おきくは清吾《せいご》にだけ笑顔を向ける。

「河村《かわむら》さま、知ってますか。近くの神社で、もうじきお祭りがあるんですよ」

そうか。

にぶいわたしでもわかった。今日おきくは清吾《せいご》を誘《さそ》いに来たのだ。

「そんなに大きなお祭りではないけど、この町の者はみんな楽しみにしているんです」

「へえ。いつですか」

「十日後ですよ。その日は何か用事がありますか？」

おきくは目をきらきらさせている。清吾《せいご》の隣《となり》に腰《こし》を下ろしているわたしには、その大きな黒目に清吾《せいご》しか映《うつ》っていないのがよくわかる。

「屋台も出ますし、盆踊《ぼんおど》りもあって。よかったら――」

「おきくは無理だろ？」

頭で考えるより先に口を出していた。

「祭りの日は甘味処《あまみどころ》のかきいれどきじゃないか。屋台も出すよね」

「そりゃ出すわよ」

おきくが白けた顔でわたしを見る。ひゅっとすぼんだ黒目は碁石《ごいし》みたいだ。硬《かた》くて冷たくてそっけない。

「だったら売り子がいないと困《こま》るじゃないか。店の人は何と言っているんだい」

「売り子も交代でお祭りに行っていいって」

「そうなんだ」

「お店でもね、あたしたちがお祭りを楽しみにしていること、ちゃんとわかってるの。屋台を出せるのも売り子があっての話だしね。あたしたちの機嫌《きげん》を取るためにそうやって暇《ひま》をくれるのよ。ありがとう、心配してくれて」

出鼻をくじかれたおきくは腰《こし》を上げた。もうわたしとは口もききたくないという顔で、体中に怒《いか》りを貼《は》りつけて甘味処《あまみどころ》に戻《もど》っていった。

夏の日は案外短い。空には夕焼けが残っているのに、足下《あしもと》では虫が鳴き出している。そろそろ清吾《せいご》も家に帰る頃合《ころあ》いだ。

「夏祭り、一緒《いっしょ》に行く？」

今さらながら誘《さそ》ってみた。

「おきくも誘《さそ》うからさ」

わたしが誘《さそ》えば嫌《いや》な顔をするだろうけど、清吾《せいご》が一緒《いっしょ》だと言えば、来てくれそうな気がする。

「お店が忙《いそが》しいんだろ？」

「売り子も交代で暇《ひま》をもらえるみたいだから平気だよ。何なら、わたしからも店の人に話しておく。うちともご近所で知らないわけじゃないから」

「そうか。楽しみだ」

「うん」

「夏祭りと言えば浴衣《ゆかた》だよな」

清吾《せいご》がひとりごとみたいに言った。たぶん、おきくの浴衣姿《ゆかたすがた》を思い浮《う》かべているのだろう。わたしも同じだからわかる。雨が降《ふ》ればいいんだ。意地悪な気持ちが、ぽっと胸《むね》に浮《う》かぶ。つまらなくて黙《だま》っていたら、急に清吾《せいご》が噴《ふ》き出した。

「すげえ寝相《ねぞう》。安心しきってるんだな」

何かと思えば、うさぎがわたしの横で腹《はら》を出して寝《ね》ている。

あっという間に、おきくの気持ちをさらった清吾《せいご》が憎《にく》らしい。

「よかったな、飼《か》い主《ぬし》がいいやつで」

うさぎを見る清吾《せいご》の目は優《やさ》しかった。しかも、いいやつだって。こんなふうだから、やっぱり嫌《きら》いにはなれない。

小さい頃《ころ》のおきくは、おふみの縫《ぬ》った浴衣《ゆかた》を着た。大きな朝顔模様《もよう》の白いのとか、金魚の柄《がら》のとか。それに絞《しぼ》りの帯をちょうちょの形に結んだ。

わたしも夏祭りが大好きだった。祭り囃子《ばやし》の音を聞くと踊《おど》り出したくなって、日が暮《く》れるのが待ち遠しかった。空に墨《すみ》を垂《た》らしたみたいに薄暗《うすぐら》くなって、神社から笛の音が聞こえてくると、もう居《い》ても立ってもいられない。西日のまぶしい中を飛び出し、おきくとわたしで両側から祖父《じい》ちゃんの手を引っ張《ぱ》って神社へ行った。あんなに楽しかったのに。笑ってばかりいたのに。なぜだろう、思い出すと胸《むね》が痛《いた》い。

おきくの浴衣姿《ゆかたすがた》を清吾《せいご》に見せたくはなかった。何なら、店の人に駄目《だめ》と言われたからと、断《ことわ》ってほしいくらいだ。でも、おきくは行くと言う。次の日、甘味処《あまみどころ》まで訪《たず》ねて行くと、あっさり「いいわよ」と返事をくれた。

「清吾《せいご》さんに頼《たの》まれたんでしょ?」

「うん」

「わたしと一緒《いっしょ》に行きたいって? わあ、どうしよう」

おきくは浮《う》き足立ち、両手で顔を押《お》さえた。そこにいない清吾《せいご》を思い浮《う》かべているみたいに、もう赤い顔をしている。もしかすると、清吾《せいご》と二人で行くものと勘違《かんちが》いしているのかもしれない。わたしも一緒《いっしょ》だよ、とは言い出せなかった。

どうしたものかな。おきくが奥《おく》に戻《もど》った後も、店の前で頭を抱《かか》えてぐずぐずしていたら、

「坊《ぼ》っちゃん」

おふみに声をかけられた。

いつも夏は長いと思っていた。でも、この年の夏はまたたく間に過《す》ぎていった。

毎日いろんなことがあったからかもしれない。たとえば、離《はな》れで座《すわ》っていたら、あ

ぐらをかいている清吾《せいご》の着物の裾《すそ》が割《わ》れ、足が膝《ひざ》までむき出しになったことがあった。

「それ、どうしたんだい」

脛《すね》に丸い痣《あざ》があった。げんこつ大でけっこう目立つ。

「ああ、ぶつけたんだ」

何でもない顔で言い、清吾《せいご》は裾《すそ》を直した。

「ひょっとして剣術《けんじゅつ》の稽古《けいこ》で？」

「まあ、そんなところだ」

「さすがお侍《さむらい》。面や胴《どう》だけじゃなくて、足を狙《ねら》う稽古《けいこ》もするんだね」

町人が通う道場では、決められたところに技《わざ》が入ると有効打《ゆうこうだ》になる。たしか足は技《わざ》の中にふくまれていなかったはずだ。でも戦本番《いくさ》ではそんなこと言っていられないから、侍《さむらい》は足を打つ稽古《けいこ》もするのだろう。

「打ち身に効《き》く薬を持ってこようか？」

「いい。こんなの、ほうっておいても治る」

「そう？　薬をつけたほうが早く治るよ」

「心配するな。もう治りかけなんだ」

「だったらいいけど……」

「優太《ゆうた》は親切だな。いいことだ。『情《なさ》けは人のためならず。めぐりめぐって己《おの》がため』――」

「何それ。お経《きょう》？」

「たわけ」

呆《あき》れ顔をしつつ、清吾《せいご》はかみくだいて教えてくれた。良い行いはめぐりめぐって、いつか自分のところへ戻《もど》ってくる。要するに、人に親切にふるまうのは自分のためということだ。

「気の長い話だねえ。めぐりめぐって、っていつになるんだか」

「そのうちだ」

いつかっていつだろう。待っているうちに寿命《じゅみょう》が尽《つ》きたら、その親切はどこへ行くのかな。

この日はおふみの手習いが休みで、おきくは顔を出さなかった。さみしい反面、安心して過《す》ごせた。おきくが来ると、清吾《せいご》はそわそわして、わたしは意地悪になる。それが嫌《いや》だった。清吾《せいご》とは友だちでいたい。こんなふうに、たわいない話をして笑い合っていたい。いつまでも留《とど》めておきたいのに、夏は過《す》ぎていく。

このままずっと暑い日が続くような気がしていたけど、やっぱり季節は移《うつ》り変わる。だんだんと日が短くなり、少しずつ夏が褪《あ》せていった。清吾《せいご》と一緒《いっしょ》に遊んだのは、祭りへ行ったときが最後だ。

## 6

夕方になり、祭り囃子《ばやし》が聞こえてきた。

沿道《えんどう》に近づくにつれ、人が増《ふ》えてくる。親子連れに夫婦《ふうふ》連れ、わたしと同じくらいの年頃《としごろ》の子どもが数人固まり、ぞろぞろ歩いている。どの顔も笑っていた。こんにゃくを醤油《しょうゆ》で煮《に》しめた匂《にお》いが、笛の音と一緒《いっしょ》に夕風に乗って流れてくる。

家を出る前は憂鬱《ゆううつ》だったのに、いざ祭り囃子《ばやし》が聞こえてきたら胸《むね》が弾《はず》んだ。不思議なもので、普通《ふつう》の日は空が薄暗《うすぐら》くなるにつれ、さみしさを覚えるのに、祭りの日だけは夜が迫《せま》ると胸《むね》が沸《わ》き立つ。ふところの巾着《きんちゃく》には十文銭《もんせん》を三枚《まい》入れてきた。それだけあれば、おでんも、水飴《みずあめ》もべっこう飴《あめ》も買える。

清吾《せいご》は少し遅《おく》れてくる。寺子屋を出ようとしたとき、髭白《ひげじろ》先生に呼《よ》ばれたのだ。先へ行き、神社の参道の入り口で落ち合う話がついていた。

甘味処《あまみどころ》は焼き団子《だんご》の屋台を出す。暮《く》れ六つに、そこへおきくを迎《むか》えに行く。

屋台の前にはおふみがいた。その前に、よく似《に》た親子連れが立ちふさがっている。源三《げんぞう》だ。隣《となり》にいるのは父親か。夏物の羽織《はおり》を着込《きこ》み、せかせかと扇子《せんす》を使っている。

「どうして駄目《だめ》なんだい。店のおやじさんはいいと言ってなさるのに」

「孫は別のお人と約束があるんです」

「なに、ほんの一回りしてくるだけだ。約束の人には待ってもらえばいい」

どうやら源三《げんぞう》は父親を連れ、おきくを誘《さそ》い出しにきたようだ。前に甘味処《あまみどころ》へ行っても客が多くて話もできなかったと言っていたから、父親を伴《ともな》い、ここまで押《お》しかけてきたのだろう。屋台の前に陣取《じんど》り、客を寄《よ》せつけないようにしている。

「約束と言うが、こっちも店のおやじさんの許《ゆる》しを得《え》ているんだよ。おきくさんを連れ出してもいいってね。なあ？　おやじさん」

相手が町役人親子だからか、甘味処《あまみどころ》の主《あるじ》はへらへらと愛想笑いしている。

「行ってきたらどうだね。せっかく誘《さそ》ってくださっているんだ。一回りと言わず、ゆっくりしてくるといい」

「ほらね、この通りだ」

「でも、孫は――」

「さあ行こう、おきくさん」

源三《げんぞう》の父親はおふみを押《お》しのけるように大きな声を出した。太い腕《うで》を伸《の》ばし、主《あるじ》の後ろで身を縮《ちぢ》めているおきくを引っ張《ぱ》り出そうとする。

「源三《げんぞう》、手をつないでやりなさい。この人混《ひとご》みだ。くっついていないとはぐれちまうよ」

「へへ」

父親が言うと、源三《げんぞう》はでれでれと身をよじった。手を着物の尻《しり》にこすりつけ、にやけ顔でおきくの手をつかもうとする。

「止《よ》してください。孫が困《こま》っているじゃないですか」

「婆《ばあ》ちゃん。邪魔《じゃま》しちゃいけないよ。これも売り子の仕事なんだ」

甘味処《あまみどころ》の主《あるじ》が卑《いや》しい声で言い、源三《げんぞう》とおきくの間に入ったおふみを邪険《じゃけん》に押《お》しのける。さっきまで遠巻《とおま》きに様子を見ていたことを悔《く》やんだ。もう見過《みす》ごしにはできない。

「おふみ」

わたしは屋台の前へ駆《か》けていき、声をかけた。

「――坊《ぼ》っちゃん」

傍《かたわら》に行って腕《うで》を取ると、おふみは安心してすがりついてきた。

「何だね、あんた。人が話をしているのに」

源三《げんぞう》の父親がぎろりと見下ろしてきた。源三《げんぞう》も小鼻をふくらませている。

「この人は孫の幼馴染《おさななじ》みの坊《ぼ》っちゃんですよ。おきくの仲良しなんです」

「幽霊野郎《ゆうれいやろう》だよ」

父親の袖《そで》を引っ張《ぱ》り、源三《げんぞう》が聞こえよがしな耳打ちをする。

「幽霊《ゆうれい》？　――ああ、〈うらざと屋〉さんの子か」

つくづく厭味《いやみ》な親子だ。

「はい、〈うらざと屋〉の優太《ゆうた》です。こんにちは。あいにくおきくには先約があるんですよ」

わたしは愛想笑いを浮《う》かべ、頭を下げてみせた。

「先約ってお前のことかよ。馬鹿らしい」

父親がついているから、源三《げんぞう》は強気だった。顎《あご》を突《つ》き出し、わたしの肩《かた》をどんと突《つ》いたが、「あっ」と言って口を閉《と》じた。針《はり》でつついた風船みたいに勢《いきお》いがしぼむ。

ふり返ると、清吾《せいご》がこちらへ向かってくるところだった。参道の入り口にわたしの姿《すがた》がないから、屋台をさがしてきたらしい。わたしを見つけ、清吾《せいご》がこちらへ走ってくる。

「おきくは、こちらのお侍《さむらい》さんと約束しているんです」

「ふうん、お侍《さむらい》ねえ」

源三《げんぞう》の父親はじろじろと清吾《せいご》をねめ回した。

「どこの子だね。見たところ、浪人《ろうにん》の倅《せがれ》さんのようだが」

手で顎《あご》をなでながら、厭味《いやみ》な口をきく。貧乏《びんぼう》な浪人《ろうにん》の子どもと見てあなどっているのだ。

「用事を思い出した。……おいら、もう帰るよ」

「なんだい、急に」

「いいから。行こうよ、おとっつぁん」

源三《げんぞう》はいぶかしむ父親を引っ張《ぱ》り、退散《たいさん》していった。

「なんだ。約束があるんなら、さっさと断《ことわ》ればよかったのに」

いざ町役人の親子が去ると、甘味処《あまみどころ》の主《あるじ》は調子のいいことを言った。

「じゃあ、あたし行ってきます」

おきくは店の名の入った前掛《まえか》けをはずし、屋台から出てきた。

「もちろんだよ。ゆっくりしておいで」

甘味処《あまみどころ》の主《あるじ》は二枚舌《にまいじた》を使っておきくの機嫌《きげん》を取り、売り物の焼き団子《だんご》を持たせてくれた。

屋台を離《はな》れると、わたしはおきくと清吾《せいご》に言った。

「よかったね。二人でゆっくり祭りを楽しんできなよ」

「何でだよ。一緒《いっしょ》に回ろうぜ」

びっくりした顔で清吾《せいご》が言ったが、首を横に振《ふ》った。

「わたしはいいよ」

清吾《せいご》とおきくが顔を見合わせる。

「さあ、急いで行ってきなって。わたしはおふみと回るから」

甘味処《あまみどころ》の前で偶然《ぐうぜん》顔を合わせたとき、ひらめいたのだ。

おきくは清吾《せいご》と、わたしはおふみと夏祭りへ行く。

おふみは主《あるじ》に頼《たの》まれ、売り子の一人が屋台を離《はな》れている間、手伝いに入ると言っていた。その後で一緒《いっしょ》に境内《けいだい》を一回りして、あまり遅《おそ》くならないうちに送っていけばいい。

そうすれば、おきくも安心して清吾《せいご》と祭りを楽しめる。

「三人で行くって話だったよな」

「そうだっけ？　清吾《せいご》はおきくと行けばいいよ。どこかで源三《げんぞう》親子と鉢合《はちあ》わせしたら、見せつけてやればいい」

「わたしはいいですから。坊《ぼ》っちゃんも一緒《いっしょ》に回りなすったらどうです」

おずおずと、おふみが口をはさんできた。子どもたちの邪魔《じゃま》ものになりたくないのだ。

「だったら、四人で回ろうぜ」

「いいよ。この人混《ひとご》みの中、おふみを遅《おそ》くまで連れ回すわけにいかないし」

「だったら、おふみさんを家に送り届《とど》けたあとで戻《もど》ってこいよ。俺《おれ》たちと合流しよう」

「そうしなさるといいですよ、坊《ぼ》っちゃん。年に一度のお祭りなんですから」

おふみまで清吾《せいご》に加勢《かせい》する。

「――わかった」

「よし、決まりな。一回りしたら、盆踊《ぼんおど》りのところで待ってる」

清吾《せいご》はおきくを連れていった。はじめはぎこちなく間をへだてて並《なら》んでいたが、人混《ひとご》みに押《お》され、肩《かた》がくっついた。仲睦《なかむつ》まじそうな後ろ姿《すがた》が遠ざかっていくのを見ると、追いかけていって割《わ》り込《こ》みたくなるのをぐっと堪《こら》える。いいんだ。おきくが喜《よろこ》ぶなら。

おふみが案じ顔で言った。

「よろしいんですか?」

返事の代わりに、焼き団子《だんご》を頬張《ほおば》る。

「熱っ……」

焦《こ》げた餡《あん》が上顎《うわあご》にくっつき、わたしは顔をしかめた。

おふみの店番が終わった後、境内《けいだい》に繰《く》り出した。

参道には人があふれ返り、小柄《こがら》なおふみは人とすれ違《ちが》うのもおっかなびっくりの様子だ。ゆっくり歩いているつもりでも、すぐに置いていきそうになる。おふみは片手《かたて》に焼き団子《だんご》の串《くし》を持ち、小股《こまた》でちょこちょこ歩いていた。そういえば晩年《ばんねん》の祖《じ》父《い》ちゃんもこんな歩き方をしていた。追いつくのを待って、おふみの手を取った。

「こうすると安心だね」

「まあ、ありがとうございます。焼き団子《だんご》、わたしの分も食べてくださいな」

「いいの?」

「ええ、お腹《なか》いっぱいなんです」

礼を言って二本目にかぶりついた。おふみはにこにこして見ている。祖父《じい》ちゃんもそうだった。いつも自分は食べずに、わたしが食べるのを見て目を細めていた。

ひんやりとして、かさかさと乾《かわ》いた手も、そういえば祖父《じい》ちゃんと似《に》ている。

「見事な芸ですねえ」

赤銅色《しゃくどういろ》の顔をした老人が、器用な手つきで飴細工《あめざいく》をこしらえていた。丸い飴《あめ》が鳥になり、参拝客《さんぱいきゃく》から歓声《かんせい》が上がる。

「おきくも飴細工《あめざいく》が好きだったなあ」

祖父《じい》ちゃんが生きていたときは、毎年一緒《いっしょ》に夏祭りに来た。浴衣姿《ゆかたすがた》のおきくと飴《あめ》色《いろ》の鳥や金魚ができあがるのを眺《なが》めるのが楽しみだった。

「うちでも、よく話しておりましたよ。毎年大旦那《おおだんな》さまにお祭りへ連れていっていただくのがあの子の楽しみでねえ。前の晩《ばん》から軒《のき》にてるてる坊主《ぼうず》を吊《つ》るしていました」

「わたしもやったよ」

祖父《じい》ちゃんに手伝ってもらって、縁側《えんがわ》の軒《のき》にいくつも吊《つ》るした。

「おきくに、せがまれたからですね」

「どうかな。忘《わす》れちゃったよ」

毎年、祖父《じい》ちゃんは飴《あめ》を買ってくれた。

おきくが人に押《お》されて飴《あめ》を落とし、「お祖母《ばあ》ちゃんにも見せたかったのに」と泣きべそをかくと、祖父《じい》ちゃんはもう一つ飴《あめ》を買ってやり、「よしよし。見せてやれ」と頭をなでた。

感激《かんげき》で目を見開いたおきくは可愛《かわい》かった。涙《なみだ》の筋《すじ》の残る顔で笑い、今度は落とさないようにと、両手で飴《あめ》の棒《ぼう》を握《にぎ》りしめていたっけ。飴《あめ》をなめているときの甘《あま》ったるい息の匂《にお》い。つないだ手の柔《やわ》らかさ。からころ鳴る下駄《げた》の音。祭り囃子《ばやし》の渦《うず》の中にいると、つい昨日のことみたいに思える。

「いつか、おふみを連れてこようと思ってたんだよ。祖父《じい》ちゃんと一緒《いっしょ》だと、遠慮《えんりょ》して来てくれないから」

夏祭りで楽しんでいる間、わたしは一人で留守番《るすばん》をしているおふみが気になっていた。

「お優《やさ》しいのは大旦那《おおだんな》さま譲《ゆず》りですね」

「どうだろ。でも祖父《じい》ちゃんは、いつもおふみのことを気にかけていたよ」

「本当によくしていただいて。おきくは早くに両親を亡《な》くしましたけど、大旦那《おおだんな》さまと坊《ぼ》っちゃんのおかげで、さみしい思いをせずにすみました」

「わたしは何にもしてないよ」

「おきくは坊《ぼ》っちゃんが大好きで。うちでは、坊《ぼ》っちゃんの話ばかりしているんですよ」

「悪口だろ」

「いえいえ、まさか。あの子は坊《ぼ》っちゃんのお嫁《よめ》さんになりたいんですから。すみません。身の丈《たけ》もわきまえずに」

「おきくは清吾《せいご》が好きなんだよ」

「そうですかねえ」

「うん。清吾《せいご》は賢《かしこ》くて親切だからね。誰《だれ》だって好きになる」

「良いお方ですものねえ。ちっとも偉《えら》ぶらなくて。坊《ぼ》っちゃんと馬が合うのもわかります」

飴細工《あめざいく》の老人は、今度は長い尾《お》ひれの金魚を作った。今にも泳ぎ出しそうな飴細《あめざい》工《く》に拍手《はくしゅ》がわき、人垣《ひとがき》がふくらむ。そろそろおふみを送り届《とど》けないと疲《つか》れさせてしまうと思いつつ、いつまでも目を離《はな》せなかった。

気がつくと、人垣《ひとがき》の端《はし》におきくがいた。小さい頃《ころ》と同じ真剣《しんけん》な面持ちで、飴細工《あめざいく》ができあがるのを眺《なが》めている。

わたしは懐《ふところ》から十文銭《もんせん》を出し、老人から飴細工《あめざいく》の金魚を買った。おきくが気づき、ふっと頬《ほお》をゆるめた。手には飴《あめ》の鳥を持っている。わたしに向かって飴《あめ》の棒《ぼう》を振《ふ》ってみせる。

なんだ。もう買っちゃったか。

わたしも飴《あめ》の金魚を振《ふ》った。おきくが笑う。昔みたいに頬《ほお》がぷくりと盛《も》り上がっている。

おきくが飴《あめ》の棒《ぼう》を親指と人差し指ではさみ、小刻《こきざ》みに揺《ゆ》らした。手首のばねを上手に使い、柔《やわ》らかく揺《ゆ》すってやる。そうすると鳥が羽ばたいているみたいに見える。わたしも真似《まね》した。飴《あめ》の金魚がゆらゆら泳ぐ。昔、二人でこうやって遊んだ。こんなことをしているから、大事な飴《あめ》を落としちゃうんだ。

気をつけなよ。わたしは両手で飴《あめ》の棒《ぼう》を握《にぎ》った。おきくがうなずき、真似《まね》をする。まだこっちを見ている。辺りがやかましくて声は聞こえないけど、わたしは満足

だった。飴細工《あめざいく》を手におきくと笑い合えたことで胸《むね》がいっぱいになった。

そのとき目の端《はし》に清吾《せいご》が映《うつ》った。おきくのことばかり見ていて、いるのを一瞬《いっしゅん》忘《わす》れていた。長身の清吾《せいご》は邪魔《じゃま》にならないよう、人垣《ひとがき》の後ろのほうに立っていた。

「そろそろ戻《もど》ろうか」

おふみの手を引き、人垣《ひとがき》から離《はな》れた。

参道を出て来た道を戻《もど》ると、祭りの賑《にぎ》わいが少しずつ遠のいていく。わたしは片《かた》手《て》に飴《あめ》、もう片方《かたほう》でおふみの手をしっかり握《にぎ》り、慎重《しんちょう》に一歩ずつ進んだ。

「もっと早く歩けますよ」

「足下《あしもと》が暗いから、急いだら駄目《だめ》だよ。転ばないように、ゆっくり行こう」

「でも、盆踊《ぼんおど》りに間に合わなくなりますから」

「いいんだ。おきくには清吾《せいご》がついてる」

わたしは、人垣《ひとがき》の中にいたおきくの顔を思い返していた。

さっき笑ってくれたのは、今日が夏祭りだからだ。懐《なつ》かしい飴細工《あめざいく》の屋台があって、昔と同じ職人《しょくにん》のお爺《じい》さんが飴《あめ》をこねていた。それが嬉《うれ》しくて、いっとき浮《う》かれたのだ。夏祭りは境内《けいだい》の中だけのこと。

祖父《じい》ちゃんは死んで、おきくは小町娘《こまちむすめ》になった。隣《となり》の家も古びて屋根に穴《あな》が空いている。離《はな》れの隠居《いんきょ》部屋はもう、煙草《たばこ》のにおいがしない。何もかも昔とは違《ちが》う。

「ねえ、おふみ」

「はい。何でしょう」

「長生きしてよね。来年も夏祭りに連れてくるからさ」

「まあ。——嬉《うれ》しいこと」

おふみは目をしばたたき、うつむいて洟《はな》をすすった。

大事なものはみんなどこかへ行ってしまう。しっかり握《にぎ》っていても、気がつくとなくしている。手にしていられるのはいっときだ。そう思うと、飴《あめ》の金魚がすごくきれいに見えて、わたしは棒《ぼう》をぎゅっと握《にぎ》りしめた。

無事におふみを送り届《とど》け、小走りに神社へ向かった。

参道の入り口で清吾《せいご》が待っていた。一人だった。わたしを見つけ、顎《あご》をしゃくる。清吾《せいご》はどことなくよそよそしかった。駆《か》け寄《よ》って追いつくなり、わたしに背《せ》を向けて歩き出した。

「ごめんよ」

「どうして謝《あやま》るんだ」

「待たせたかと思って。おきくは？」

「戻《もど》ったさ。もともと一回りって話だったろ」

それきり話が続かなくなる。わたしは清吾《せいご》の後ろについて歩いた。

さっき焼き団子《だんご》でやけどした上顎《うわあご》の皮がべろりとむけていた。その傷《きず》が今になってぴりぴりと痛《いた》む。おふみを送っていくついでに、おきくの飴細工《あめざいく》を持って帰ってやればよかった。

舌《した》の先でめくれた皮をいじっていると、清吾《せいご》がふり返った。

「仲が良いんだな」

「え、おふみと?」

清吾《せいご》がじっと顔を見る。

「……おきくとは幼馴染《おさななじ》みってだけだよ。わたしより清吾《せいご》のほうが仲良いだろ。一緒《いっしょ》に回ってどうだった?」

「そりゃ楽しかったさ」

盆踊《ぼんおど》りがはじまった。そろいの法被《はっぴ》を着た職人《しょくにん》の一行《いっこう》や、浴衣《ゆかた》に絞《しぼ》りの帯をしめた女が輪になって踊《おど》る。

清吾《せいご》がそちらへ目を向けた。

「踊《おど》れるか?」

「当然」

輪に入ると、わたしは張《は》りきって踊《おど》った。おどけて右と左の手を逆《さか》さに上げ、人と反対に回り、ことさら大きな口を開けて、いつになく陽気にはしゃいでみせた。

四半刻《しはんとき》ほどで盆踊《ぼんおど》りの輪を抜《ぬ》けた。

「帰ろうぜ」

清吾《せいご》のこめかみにも汗《あせ》が光っている。

「ああ、おもしろかった。清吾《せいご》があんなに盆踊《ぼんおど》りがうまいとは知らなかったよ」

「なに、見よう見まねだ」

「清吾《せいご》は何でもできるんだね。読み書き算盤《そろばん》もお茶の子だし、うらやましい」

「盆踊《ぼんおど》りくらいで大袈裟《おおげさ》だな。俺《おれ》からすれば、優太《ゆうた》がうらやましいけどな。お前は跡継《あとつ》ぎで安泰《あんたい》じゃないか」

「そんなことないよ」

「旅籠《はたご》の主《あるじ》では不満なのか。贅沢者《ぜいたくもの》め。何なら、俺《おれ》が変わってやってもいいぞ」

「清吾《せいご》は大人になったら、どうするの」

前から訊《き》いてみたかったことを、思いきって口にした。

「どうもこうも。俺《おれ》は浪人《ろうにん》だからな。仕事があれば何でもするさ」

「お侍《さむらい》だったら、剣術《けんじゅつ》の腕《うで》をたよりに仕官を目指したりしないの？」

「今はそういう時代じゃない。剣《けん》では出世できないんだ」

わたしがぽかんとしていると、清吾《せいご》はお侍《さむらい》の事情《じじょう》を話してくれた。

「考えてみろよ。そもそも戦《いくさ》がないだろ。剣術《けんじゅつ》ができても、それを役立てる場がないんだ。ほとんどの侍《さむらい》は一生に一度も刀を抜《ぬ》かずに死ぬ。腰《こし》に差しているのは飾《かざ》りみたいなもんだ」

なるほど、そんなものか。

言われてみれば、国同士《どうし》の合戦も昔話でしか聞いたことがない。

「じゃあ、今の侍《さむらい》が出世するにはどうするのさ」

「学問だ」

「へえ。腕《うで》より頭ってわけか」

「お前は何で勝負する気だ」

「どうかな。思いつかないよ」

「隠《かく》すなって。俺《おれ》とお前の仲じゃないか」

首を傾《かし》げた。正直なところ、何も思いつかないのだ。

「そんなんじゃないよ。でも、少なくとも学問ではないよね。わたし、漢字も苦手だし」

苦笑いするわたしを清吾《せいご》がじっと見た。

「だったら平仮名《ひらがな》で書けばいい」

「せっかく寺子屋で教わってるのに」

「伝われば十分だ。お前の字は丁寧《ていねい》で味がある。はねも払《はら》いもきっちりとして読みやすい。しっかり手習いをしてきた証《あかし》だ。――なんだ、しけた面して」

清吾《せいご》がわたしの肩《かた》をばんと叩《たた》いた。

「世辞じゃねえぞ。人ってのは、すぐになまける生きものだから」

「それはわかる」

すかさず首を縦《たて》に振《ふ》ると、清吾《せいご》が笑った。

「自信持てよ。お前はちゃんとしてるし、自分で思うよりずっと強いんだ」

「そうかな」

「ああ。俺《おれ》が請《う》け合ってやる」

自覚はないけど、そんなふうに見えているなら嬉《うれ》しい。

「そうだ、寺子屋の先生になるのは？　清吾《せいご》は教え方がうまいじゃない。おふみも感謝《かんしゃ》していたし、髭白《ひげじろ》先生もお歳《とし》だろう。いずれ隠居《いんきょ》なさるときに、跡継《あとつ》ぎに手を挙げればいい」

「浪人《ろうにん》が寺子屋の師匠《ししょう》におさまるのは常道《じょうどう》だからな」

「うん。いいと思う。すごく向いてるよ」

「髭白《ひげじろ》――おっと、小杉《こすぎ》先生があと一、二年で隠居《いんきょ》なさるんだ」

「だったら、今のうちに手を挙げなよ」

「ああ。実は髭白《ひげじろ》先生からも打診《だしん》されている。ひょっとすると、冬から見習いとして寺子屋に立つかもしれん」

もとより、そういう話で寺子屋に入ってきたのだという。

清吾《せいご》の父親と髭白《ひげじろ》先生こと小杉源太夫《こすぎげんだゆう》は、かつて同じ藩《はん》につとめていた。この町へ来たのもその縁《えん》だという。清吾《せいご》の父親は道場の指南役の仕事を求めていたが、あいにく頃合《ころあ》いの口はなかった。そこで髭白《ひげじろ》先生は清吾《せいご》の父親に、自分の跡《あと》を継《つ》ぐ気はないかと訊《たず》ねた。その気があるなら隠居《いんきょ》して仕事を譲《ゆず》ろう、と。

剣《けん》にこだわる清吾《せいご》の父親は断《ことわ》った。そこで、清吾《せいご》に白羽の矢が立った。まずは見習いからはじめて、うまくいくようなら髭白《ひげじろ》先生の跡《あと》を継《つ》ぐと話がまとまった。

清吾《せいご》は寺子屋の子どもたちと同年代。仲間になっては舐《な》められる。そうした事情《じじょう》を踏《ふ》まえ、端《はな》から寺子たちとは一線を画すつもりでいたのだそうだ。

「隠《かく》していてすまん」

それで最初は感じが悪かったのだと、腑《ふ》に落ちる。

「清吾《せいご》なら、きっといい先生になれるよ」

「さてな」

「気が進まないの？」

「いや。そんなことはない」

「もっと他に何かやりたいことがあるとか。先生は先生でも、学問所とか――」

「学問所に通ったこともないのに、なれるわけないだろ。おこがましい。学問所で教えられるのは学者だけだ」

清吾《せいご》にはねつけられ、気がついた。

「ひょっとして、お父上が反対なさっているのかい？」

学問所へ通うのには金がいる。清吾《せいご》は浪人《ろうにん》の父親の懐《ふところ》を心配しているのだ。

「ねえ。髭白《ひげじろ》――、小杉《こすぎ》先生に相談してみなよ。年の功で知恵《ちえ》を出してくれるかもしれない。寺子屋で先生をしながら、学問をする道だってあるだろう？　あきらめるのは早……」

話している途中《とちゅう》で、清吾《せいご》がやおら振《ふ》り向いた。

「俺《おれ》の家のことはいいよ。あれこれ詮索《せんさく》されると腹《はら》が立つ」

「――ごめん」

「優太《ゆうた》はおきくを女房《にょうぼう》にして、〈うらざと屋〉の主《あるじ》になるんだろ」

「え？」

「なんで笑うんだよ。俺《おれ》を馬鹿にしてるのか」

「馬鹿になんてしないよ。急におきくの話をするから、びっくりしたんだ」

言い訳《わけ》すると、清吾《せいご》は口の端《はし》を片方《かたほう》だけ持ち上げた。

「どこが急だ。さんざん見せつけてくれたくせに」

「そうだっけ」

「とぼけるなよ。飴細工《あめざいく》の屋台の前で、二人だけしかわからない遊びをしてたじゃねえか。好きなんだろ？」

やっぱり見られていたのだ。

「黙《だま》ってるところを見ると図星か。まあ、言われなくてもわかるけどな。目は口ほどにものを言い。隠《かく》しても無駄《むだ》だ」

話すうちに、清吾《せいご》の声が高くなってきた。

「なあ、なんで俺《おれ》とおきくを二人で行かせたんだ」

「……そのほうが喜《よろこ》ぶと思ったからだよ」

「誰《だれ》が」

「おきくと清吾《せいご》。だって二人は相惚《あいぼ》れじゃないか」

「くだらねえ」

清吾《せいご》は舌打《したう》ちした。

「お前、俺《おれ》を哀《あわ》れんでるのか？」

怖《こわ》い顔をして、清吾《せいご》がわたしをにらんだ。

「いったい何の話？」

びっくりした。哀《あわ》れんでる、って。そんなことを言われるとは夢《ゆめ》にも思わなかった。

「おふみに声をかけたのがいけなかったのかい？　わたしはただ、おきくを誘《さそ》いに行ったときに顔を合わせたから――」

「嘘《うそ》つけ」

わたしの顔を見るのも嫌《いや》だと言わんばかりに、清吾《せいご》が横を向く。

嘘《うそ》じゃない。言い訳《わけ》をしているつもりもないけど、わたしが何を言っても、清吾《せいご》の耳には届《とど》かないみたいだ。

「三人で行きたかったけど――。わたしが一緒《いっしょ》じゃ、おきくは嫌《いや》がると思って」

「嫌《いや》なもんか」

小馬鹿にしたように、清吾《せいご》が鼻で笑う。

「俺《おれ》と回ってるときも、おきくは昔話ばっかりしてたぜ。お前の祖父《じい》さんが飴細工《あめざいく》を買ってくれたとか。なのに落としちまって、とかな。あとは何だったかな。そうだ、てるてる坊主《ぼうず》だ。お前と二人でたくさん吊《つ》るしたんだろ？　ずっとそんな話ばっかり聞かされた」

「小さいときの話だろ。照れてるんだよ。小町娘《こまちむすめ》と言ってもまだ十二で、男と出歩いたことなんてないから、どんな話をしていいかわからないんだ」

「お前とは幼馴染《おさななじ》みで、しょっちゅう一緒《いっしょ》に遊んでいたんだろ？」

わたしが返事に詰《つ》まると、清吾《せいご》は地面の石を蹴《け》った。

「都合の悪い話になると、優太《ゆうた》はいつもだんまりだな。おふみも気の毒《どく》に。お前のいい格好《かっこう》しいに踊《おど》らされて」

「……どういう意味？」

「手習いの話だよ。いくらやっても無理だって言ってるんだ」

「ひょっとして、おふみに仮名文字《かなもじ》を指南しても無駄《むだ》と言いたいの？」

「その通りだろ。教えたところで、穴《あな》の開いたざるで水をすくうようなもんじゃねえか」

清吾《せいご》は顎《あご》を突《つ》き出し、わたしを見下ろした。

「ひどいね。見損《みそこ》なった」

我《われ》知らず声が震《ふる》えた。

「一生懸命《いっしょうけんめい》教えていると思ったのに、お腹《なか》の中では馬鹿にしていたのかい。いくら教え方が上手でも先生失格《しっかく》だよ。そんなに嫌《いや》なら、辞めなよ。代わりにわたしがおふみに教えるから。そりゃあ役不足だけど、仮名文字《かなもじ》ならわたしだって教えられる」

「それを言うなら『役者不足』だ」

「どうだっていいよ、そんなの。ちょっとした間違《まちが》いだろ」

「馬鹿言え。大違《おおちが》いだ」

「どうでもいいよ」

おふみのことは、うんと小さい頃《ころ》から知っている。

何度も親切にしてもらった。わたしの着物の肩揚《かたあ》げを取ってくれたのも、破《やぶ》ったところを繕《つくろ》ってくれたのもおふみだ。祖父《じい》ちゃんが頼《たの》むと、いつだって快《こころよ》く引き受けてくれた。そのおふみを馬鹿にするのは許《ゆる》さない。

「帰る」

わたしは清吾《せいご》に背《せ》を向けた。

「結局、答えないんだな」

呆《あき》れ声が追いかけてくる。わたしは足を速めた。

「正直になれよ。お前のほうこそ相惚《あいぼ》れのくせに。もう夫婦《ふうふ》約束をかわしてるんじゃねえのか。――おい、逃《に》げるな。答えてから行けよ」

からかいの声が背中《せなか》を追いかけてくる。

「だから、違《ちが》うって言ってるだろ！　わたしは親戚《しんせき》の娘《むすめ》をもらうことになってるんだ」

母方の従妹《いとこ》だ。法事で何度か顔を合わせたこともある。その従妹《いとこ》を嫁《よめ》にもらい、〈うらざと屋〉の主《あるじ》になる。父さんと母さんで決めたことに、わたしは逆《さか》らえない。

「安心しなよ。このことは、おきくも知ってるから」

ふり返ると、清吾《せいご》は静かな目をしていた。

「さっきも言ったろ、わたしとおきくは単なる幼馴染《おさななじ》みなんだ。妙《みょう》な遠慮《えんりょ》は無用だよ。でも、どうかな。おきくは引く手あまただから。所帯を持つとなったら、見目だけの貧乏侍《びんぼうざむらい》より、実のある金持ちを選ぶかもしれない。せいぜい頑張《がんば》ってよ」

清吾《せいご》に投げつけた言葉の嫌《いや》らしさにたまらなくなって、わたしはその場を逃《に》げ出した。

やみくもに沿道《えんどう》をかけ、人波を避《よ》けて走った。提灯《ちょうちん》の明かりの端《はし》まで来て、ようやく足を止める。手の甲《こう》で汗《あせ》をぬぐった。カッカしているのに体の芯《しん》が冷たい。わたしは大きな木の幹《みき》に背《せ》をもたせ、ずるずると座《すわ》り込《こ》んだ。

祭り囃子《ばやし》を遠くに聞きながら、汗《あせ》が引くのを待った。夜はこれからで、参拝客《さんぱいきゃく》がどんどん沿道《えんどう》に吸《す》いこまれていく。放心していると、異様《いよう》な物音に気づいた。沿道《えんどう》から折れた路地に、黒っぽい人影《ひとかげ》が固まっている。揉《も》めているようだ。

目を凝《こ》らすと男が二人見えた。一人は背《せ》が高く、もう一人は低い。

背《せ》の低いほうは老人だ。貧相《ひんそう》な体つきで、髷《まげ》も髭《ひげ》も白い。わたしは目をこすった。

提灯《ちょうちん》の明かりに照らされ、見知った人の顔が浮《う》かび上がる。

息子とか、学問とかいう言葉がきれぎれに聞こえた。わたしは耳を澄《す》ませつつ、身を低くして二人に近づいた。

「あいつには剣《けん》をやらせます」

「子が他の道を望んでおるのに、親の望みを通す気か」

「子を導《みちび》くのは親の役目ですから」

背《せ》の高い男の声は怒気《どき》をはらんでいた。

「親の役目だと？　子を虐《しいた》げておいて、よくそんな賢《さか》しらな口をきく」

老人の言葉で険悪《けんあく》さが増《ま》し、男が前へ踏《ふ》み出した。危《あぶ》ない。助けに入ろうと腰《こし》を上げたら、ぐっと肩《かた》をつかまれた。

「動くな」

清吾《せいご》だった。怖《こわ》い顔をして、鋭《するど》くささやく。

「ここにいろ。俺《おれ》が行く」

「でも――」

「町人の出る幕《まく》じゃない。さっさと帰れよ」

揶揄《やゆ》するような口調にひるむと、清吾《せいご》は片頬《かたほお》を上げた。初めて寺子屋で会った日のような、よそよそしい目を向けてくる。

こちらの話し声が聞こえたのか、背《せ》の高い男がふり返った。目つきが鋭《するど》い。夜店で売っていた狐《きつね》のお面みたいだ。

清吾《せいご》が駆《か》けていくと、背《せ》の高い男は激高《げっこう》した。邪魔《じゃま》をするなと罵《ののし》り、突《つ》き飛ばそうとする。止めに入った老人に、男は襲《おそ》いかかった。腰《こし》の刀に手をかけたのが見えた。

あっと思って両手で顔を覆《おお》う。指の隙間《すきま》から窺《うかが》うと、意外にも老人が反撃《はんげき》していた。丸腰《まるごし》で身をかわし、すばやく足払《あしばら》いして男を転ばせる。すごい。まばたきをするほどの間に老人は鮮《あざ》やかに男をかわした。

しばらく待ったが清吾《せいご》は戻《もど》ってこなかった。わたしは参拝客《さんぱいきゃく》にまぎれて神社を出た。夕空に甲高《かんだか》い笛の音がひびいている。いつまでも盆踊《ぼんおど》りの音が耳の奥《おく》に残った。

# 7

それから五日間、寺子屋を休んだ。

夏風邪《なつかぜ》を引き、高熱が出た。お祭りではしゃぐからですよ、とおつるに叱《しか》られ、医者からもらった苦い薬を飲まされた。眠《ねむ》ると怖《こわ》い夢《ゆめ》ばかり見て、うなされた。お粥《かゆ》もほとんど喉《のど》を通らず、熱が下がった後も体のだるさが残り、久《ひさ》しぶりに風呂《ふろ》へ入ったときには、自分でもやせたのがわかった。

外へ出ると、空が高くなっていた。

久々《ひさびさ》に寺子屋へ行くと、清吾《せいご》がいなかった。先生があらわれても来ない。

「あいつ、辞めたんだぜ」

源三《げんぞう》に言われてはじめて知った。

「なんで、たまげるんだよ」

反対に首をかしげられた。当然知っていると思ったらしい。

清吾《せいご》が寺子屋を辞めたのは、夏祭りの翌日《よくじつ》。

しばらく姿《すがた》を見せないのを不思議に思った源三《げんぞう》が、先生に聞いてわかったのだという。

「私塾《しじゅく》にでも通うことにしたんじゃねえのか？　浪人《ろうにん》といっても、一応《いちおう》お侍《さむらい》さまなんだし」

寺子屋を出て、家路に向かう髭白《ひげじろ》先生をつかまえた。雑踏《ざっとう》の中にやせた後ろ姿《すがた》を見つけて駆《か》け寄《よ》る。声をかけると、髭白《ひげじろ》先生はのんびりふり返った。

「清吾《せいご》はどうして辞めたんです」

「家の都合と聞いておるが」

「どんな都合ですか？　ひょっとして父親のせいですか」

髭白《ひげじろ》先生は答えなかった。それが答えだ。父親が寺子屋を辞めさせた。髭白《ひげじろ》先生の跡継《あとつ》ぎになる話があったのに、自分から辞めるわけがない。

「あいつは先生になりたいんです」

髭白《ひげじろ》先生は黙《だま》ってわたしを見た。背丈《せたけ》が低いから、目の位置がほとんど同じところにある。皺《しわ》だらけで一見弱そうだけど、実は違《ちが》うと、わたしはもう知っている。

「助けてやってください。清吾《せいご》は父親のせいで、あきらめてるんです。——あいつの父親は殴《なぐ》るんだ」

前から薄々勘付《うすうすかんづ》いていた。

泊《と》まりにきた日、清吾《せいご》の脛《すね》には大きな痣《あざ》があった。転んでひねったのは足首なのに。

一度だけではない。その後、縁側《えんがわ》で清吾《せいご》があぐらをかいたときにも、真新しい痣《あざ》を見た。剣術《けんじゅつ》の稽古《けいこ》でついたものとも思ったけど、それにしては変だった。喧嘩《けんか》ならともかく、稽古《けいこ》で脛《すね》を怪我《けが》するとは思えない。ならば、誰《だれ》に痣《あざ》をつけられたのか。清吾《せいご》の家は父一人子一人。誰《だれ》がそんな仕打ちをしたのか想像《そうぞう》がつく。

髭白《ひげじろ》先生は神妙《しんみょう》な面持ちでわたしを見た。白っぽくにごった目が暗かった。口振《くちぶ》りも硬《かた》い。

「承知《しょうち》しておる」

「だったら！」

「どうにかしてやりたいが、わしの話を頑《がん》として受けつけん」

前から髭白《ひげじろ》先生も清吾《せいご》の怪我《けが》を気にしていた。救《すく》うには父親から引き離《はな》すしかないと、正式に跡継《あとつ》ぎとしたく、養い子として預《あず》かりたいと申し出たところ、猛反発《もうはんぱつ》を食《く》らったらしい。

それが夏祭りの日のこと。大事な息子を渡《わた》すものかと、すごい剣幕《けんまく》で追い返された。

「あの父親——、河村十四郎《かわむらじゅうしろう》と申すのだが、真面目《まじめ》過ぎるせいか、どうにも意固地なところがある。誠《まこと》を尽《つ》くして説けば、わかってもらえると思っていたのだが——」

かつて同じ藩《はん》に仕えた者として、父親を諭《さと》そうと試みたのが逆効果《ぎゃくこうか》だった。

十四郎《じゅうしろう》を追いかけ、神社で言い合いになり、とうとう決裂《けつれつ》した。以来、何度訪《たず》ねても話は平行線で、清吾《せいご》への当たりもきつくなっており、手をこまねいているのだという。

「どうも町人相手の道場で仕事を見つけたようだ。清吾《せいご》にも代稽古《だいげいこ》をさせるそうだ」

「なぜそこまで剣《けん》にこだわるんでしょう」

「それが正道だと己《おのれ》が信じてきたからだ。根が真っ直ぐなだけに、世の流れに合わせて器用に考えを曲げることに納得《なっとく》がいかないのだろう。なに、十四郎《じゅうしろう》も苦しんでおるのだ」

前に清吾《せいご》から聞いていたおかげで、先生の話がよくわかった。

十四郎《じゅうしろう》は悔《くや》しいのだ。世が変わり、剣《けん》の腕《うで》が頼《たよ》りにならなくなったことが。これまで生きてきた道そのものを否定《ひてい》されるようで、何もかもすべてが腹立《はらだ》たしい。それだけに、息子の清吾《せいご》まで剣《けん》を捨《す》てようとするのが許《ゆる》せないのだろう。

髭白《ひげじろ》先生もお侍《さむらい》だから、十四郎《じゅうしろう》の気持ちがわかるみたいだ。わたしは、とてもそんな気になれない。苦しいのは誰《だれ》より清吾《せいご》だ。どうにかしてやりたかった。清吾《せいご》と話がしたい。一緒《いっしょ》に知恵《ちえ》をしぼれば、何かいい手を思いつくかもしれない。

よし、行ってこよう。

「わたし、清吾《せいご》と会ってきます。心配で、とてもじっとしていられません。お住まいの場所を教えてください」

「会いに行って、どうするつもりかの。何か算段はあるかね」

「家に連れていきます。うちは離《はな》れがあるのでそこへ泊《と》めます」

「ふむ。しかし、いつまでかくまっておけるかの。いずれ十四郎《じゅうしろう》が居場所《いばしょ》をさぐりあてて、怒鳴《どな》り込《こ》んでくるかもしれん。そのときはどうする」

「どうにかします」

夏祭りの晩《ばん》に見た十四郎《じゅうしろう》を思い浮《う》かべると、足が震《ふる》える。でも、今ここでこうしている間にも清吾《せいご》はぶたれているかもしれない。怖《こわ》いけど――、放っておくものか。

押《お》しかけてやる。

先生は懐紙《かいし》を出し、小筆で簡単《かんたん》な地図を描《か》いてくれた。

「訪《たず》ねるのは夕方にしなさい。十四郎《じゅうしろう》は毎日暗くなると、縄のれんに酒を飲みに行くようだから」


地図をたよりに訪《たず》ねると、粗末《そまつ》な裏長屋《うらながや》にたどりついた。

じめじめした細い路地の端《はし》にはどぶ川が流れている。洟《はな》をたらした子どもたちが固まって遊んでいた。近づいていくと、そのうちの一人が顔を上げた。清吾《せいご》の名を出すと、「そこ」と手前の戸を指差した。白っぽく埃《ほこり》をかぶった戸には黄ばんだ障《しょう》子《じ》が貼《は》ってある。軒《のき》は低く、清吾《せいご》などうっかりすると頭がつかえそうだ。

声をかけると、がたがたと音を立てて戸が開いた。

「――おう」

と、あらわれた清吾《せいご》の左目のまぶたは腫《は》れ上がり、大きな痣《あざ》ができている。

「幽霊《ゆうれい》を見たみたいな顔をするな」

「お岩さんかと思った」

やっとの思いで下手な冗談《じょうだん》を言う。

「見た目ほどひどくない。痛《いた》みはもう引いている」

動揺《どうよう》するわたしを慰《なぐさ》めるように、清吾《せいご》が白い歯を見せた。

戸の隙間《すきま》に狭《せま》い土間が見えた。薄暗《うすぐら》い上がり框《かまち》の奥《おく》は板の間になっており、古い竹刀《しない》が立てかけてある。調度らしいものはなく、まだ夏だというのに、家の中は寒々として見えた。

「中へ入るか？」

「いや」

かぶりを振《ふ》った。

「うちの離《はな》れに行こう。一緒《いっしょ》に逃《に》げるんだ」

頭で考えるより先に口が動いていた。清吾《せいご》はためらい、返事をにごしたが、わたしが手を引くとおとなしくついてきた。

ともかく急いで、裏長屋《うらながや》の前の路地を抜《ぬ》けようとした。離《はな》れまで、歩いて四半刻《しはんとき》くらい。早足なら、明るいうちにたどり着くはずと思ったのだけど。

「どこへ行く」

ぺらぺらの着物に袴《はかま》をつけた、狐顔《きつねがお》の男が路地の向こうからやってきた。清吾《せいご》の父親の十四郎《じゅうしろう》だ。大通りへ出る前に、早くもつかまってしまった。縄のれんへ行ったはずが、なぜこんなに早く帰ってきたのだろう。

間近で拝《おが》むと腰《こし》が退《ひ》ける。十四郎《じゅうしろう》には威圧感《いあつかん》があった。肩幅《かたはば》も広く全体にがっしりとして、大きな岩みたいだ。

「家に戻《もど》りなさい」

有無を言わさず、清吾《せいご》の背《せ》を押《お》す。わたしがついていっても、十四郎《じゅうしろう》は目もくれなかった。相手にするまでもないと見くびっているのだ。

「清吾《せいご》のお父上ですね」

声を張《は》ったが無視《むし》された。

「わたしは寺子屋の学友の優太《ゆうた》と申します。突然《とつぜん》お邪魔《じゃま》してすみませんが、どうか話を聞いてください」

十四郎《じゅうしろう》は悠々《ゆうゆう》と歩いていく。前へ回り込《こ》んで話しかけても同じだった。十四郎《じゅうしろう》はこちらを一瞥《いちべつ》したきり、裏長屋《うらながや》の戸を開けて清吾《せいご》を先に中へ入れると、わたしの鼻先でぴしゃりと戸を閉《し》めた。

「お待ちください」

腹《はら》に力を込《こ》めて叫《さけ》んだ。

「開けてください、話があるんです。お願いです、開けてください！」

力任《ちからまか》せに引いてみたが、心張《しんば》り棒《ぼう》をかったらしく、朽《く》ちかけた戸はびくともしない。

「河村《かわむら》さま！　開けてください！」

叫《さけ》びながら戸を叩《たた》く。

「開けてください！　河村《かわむら》さま、お願いですから！」

しつこく叫《さけ》んでいると、長屋の子どもたちがおもしろがって寄《よ》ってきた。裾《すそ》を引っ張《ぱ》られふり向くと、三つくらいの女の子がいた。

「かくれんぼ？」

わたしの耳に口を近づけ、声をひそめる。

「鬼《おに》は河村《かわむら》のととさまでしょ」

近所では、十四郎《じゅうしろう》は鬼《おに》と呼《よ》ばれているのだろう。子どもはそれをかくれんぼの鬼《おに》と勘違《かんちが》いしている。ついでに言うと、かくれんぼなら鬼《おに》はかくれている人をさがすほうだけど、まあいいか。わたしはしゃがみ、女の子と目線を合わせた。

「そうだよ。外へおびき出してくれるかい」

女の子はこくんと首を縦《たて》に振《ふ》った。両手を口に添《そ》え、元気よく叫《さけ》ぶ。

「河村鬼《かわむらおに》さま、出ておいでー」「出ておいでー」

子どもだちが束になって唱和すると、ガタピシと音を立てて戸が開いた。十四郎《じゅうしろう》がまさに鬼《おに》の形相《ぎょうそう》で顔を突《つ》き出す。

「やかましい。おぬしら、そんなに食われたいか」

敷居際《しきいぎわ》に固まっていた子どもたちが、蜘蛛《くも》の子を散らすみたいに散った。十四郎《じゅうしろう》がそれに目を取られている隙《すき》に中へ入ると、竹刀《しない》が見えた。背中《せなか》で戸を閉《し》められ、土間で十四郎《じゅうしろう》と向かい合う格好《かっこう》になる。

ごくり、と唾《つば》を飲んだ。

「殴《なぐ》る気ですか？」

十四郎《じゅうしろう》は竹刀《しない》を手に取った。

「いつも清吾《せいご》にしているように、わたしのことも痛《いた》めつけるおつもりですか」

戸のすぐ外にまた子どもたちが集まってくる気配がした。障子《しょうじ》に頭をくっつけ、耳をそばだてている気配を感じる。

「大きな声を出すな。近所迷惑《めいわく》になる」

十四郎《じゅうしろう》は静かに言った。目が据《す》わっている。いつ怒鳴《どな》られるかとぞくぞくする。

清吾《せいご》がわたしを庇《かば》うように前へ立った。すかさず、十四郎《じゅうしろう》が竹刀《しない》で清吾《せいご》の手の甲《こう》を打つ。「どけ」

清吾《せいご》はどかなかった。両腕《りょううで》を広げ、十四郎《じゅうしろう》からわたしを守ろうとした。ありがたいけど、庇《かば》われている場合ではない。わたしは清吾《せいご》の後ろから出て、十四郎《じゅうしろう》の前へ進み出た。

冷ややかなまなこに見下ろされ、土間へ膝《ひざ》をついた。両手を前へそろえ、十四郎《じゅうしろう》を見上げる。

「清吾《せいご》をつれていきます。こんな家には置いておけない」

「ほう。つれていって、どうする気だ」

「髭白《ひげじろ》先生のもとへ預《あず》けて、先生になる修行《しゅぎょう》をさせます」

十四郎《じゅうしろう》が薄笑《うすわら》いをして、わたしを見た。

「それは小杉《こすぎ》どののあだ名か?」

「えっ。――あ、ああ、すみません。小杉《こすぎ》先生です」

しまった。いつもの癖《くせ》が出た。

「倅《せがれ》を寺子屋の師匠《ししょう》になどさせん。町人の子に侮《あなど》られては、武家《ぶけ》の面目《めんぼく》に疵《きず》がつく」

「侮《あなど》ったりしていません」

「帰りなさい。清吾《せいご》は今から道場だ」

言うなり、十四郎《じゅうしろう》が部屋の奥《おく》へ引っ込《こ》もうとする。思わず手を伸《の》ばし、その裾《すそ》をつかんだ。

「離《はな》しなさい」

冷たい目で見下ろされ、手が震《ふる》えそうになった。

「まだ話の途中《とちゅう》ですから」

強く裾《すそ》を握《にぎ》りしめると、十四郎《じゅうしろう》が薄笑《うすわら》いを引っ込《こ》めた。いったい何を考えているのか、能面《のうめん》じみた無表情《むひょうじょう》からは窺《うかが》えない。

「道場ではなく、寺子屋へ行かせてやってください。清吾《せいご》なら、きっと良い先生になれます」

夏祭りの晩《ばん》は先生失格《しっかく》だと言ったけど、あれは喧嘩《けんか》の上でのこと。本心じゃない。

「小杉《こすぎ》どのは髭白《ひげじろ》だったな。清吾《せいご》には、何とあだ名をつける気だ」

どう返答しようか考えていると、十四郎《じゅうしろう》が足を引いた。手の中から、するりと裾《すそ》が逃《に》げる。それを追いかけようと這《は》いつくばって手を伸《の》ばすと、目の前に影《かげ》が落ちた。清吾《せいご》がわたしの隣《となり》で膝《ひざ》をつき、頭《こうべ》を垂《た》れている。

わたしも清吾《せいご》にならって頭《こうべ》を垂《た》れた。二人で並《なら》んで土間に正座《せいざ》し、十四郎《じゅうしろう》に許《ゆる》しを乞《こ》う。

「そこまでして、清吾《せいご》を先生にさせてやりたいか」

顔を上げると、十四郎《じゅうしろう》の足がすぐ目の前にあった。

「わしの足をなめたら、許《ゆる》してやろう」

立ったまま、十四郎《じゅうしろう》が足裏《あしうら》を突《つ》き出している。

「父上！」

清吾《せいご》が制《せい》するのをよそに、わたしは迷《まよ》わず十四郎《じゅうしろう》の足に舌《した》をくっつけようとした。

「おい――」

あわてた清吾《せいご》が片膝《かたひざ》を持ち上げ、わたしの衿首《えりくび》を引っ張《ぱ》って止めた。

「そんなまねは止《よ》せ」

「いいんだ。これは自分のためだから」

「は？　わかるように言え」

『情《なさ》けは人のためならず。めぐりめぐって己《おの》がため』だよ。親切な行いをすれば、めぐりめぐって、いつか自分のところへ良いことが戻《もど》ってくるんだろう？　清吾《せいご》が教えてくれたんじゃないか。こんなの、どうってことない。今は清吾《せいご》のために恩《おん》を売っとく。いつか倍になって返ってくるのを楽しみに待つよ」

虚《きょ》を突《つ》かれたみたいな顔で、清吾《せいご》がわたしを見た。

「――たわけ」

「まったく。いつも清吾《せいご》はそれだね。たわけでも何でもいいよ。清吾《せいご》の父上のお許《ゆる》しが得《え》られるなら。そもそも『たわけ』って何だよ。田んぼを分けるってことだろ？　それのどこが駄目《だめ》なのさ」

あの日、清吾《せいご》にもらった言葉がよみがえる。

(自信持てよ。お前は自分で思うよりずっと強いんだ)

清吾《せいご》と友だちになるまで、自分が嫌《きら》いだった。弱虫で、臆病《おくびょう》で。寺子屋で源三《げんぞう》にいじめられるのも仕方ないとあきらめてきた。自信を持て。清吾《せいご》の声が耳の中でこだまする。お前は強い。清吾《せいご》が言うなら、わたしは信じる。

「違《ちが》う」

「違うぞ」

清吾《せいご》と十四郎《じゅうしろう》の声が重なった。

「お前が教えてやりなさい」

十四郎《じゅうしろう》が顎《あご》をしゃくると、清吾《せいご》は「はい」と顎《あご》を引いた。

「たわけとは『戯《おど》ける』、すなわち、ふざけた振《ふ》る舞《ま》いをするという意の古語が元になった言葉だ。ふざけるな、ってことさ。お前の言った田んぼの話は俗説《ぞくせつ》だ」

傍《かたわら》で、十四郎《じゅうしろう》が説明する清吾《せいご》を見ている。

「なあんだ。昔、祖父《じい》ちゃんがそんなふうに言ってた気がするんだけど。違《ちが》うのか」

「まあ、そういう説もある。田んぼを分ければ、取り分が減《へ》るからな」

「そっか。食べていけなくなっちゃうもんね」

「案外、二つの語源《ごげん》から同じ音を持つ言葉が生まれたのかもしれん。まあ、調べてみないとわからないが」

「本当に清吾《せいご》はいろんなことを知ってるよね。さすが髭白《ひげじろ》先生から跡継《あとつ》ぎに見込《みこ》まれるだけあるよ。早く先生になって、今みたいなことをたくさんの子どもたちに教えてやってよ」

十四郎《じゅうしろう》は竹刀《しない》をつっかえ棒《ぼう》にして、しばらく鼻白んだ顔をしていたが、やおら

「くだらん」と吐《は》き捨《す》て、外へ出ていこうとした。

「どこへ行くんです、縄のれんですか」

「放っとけ」

「まだ足をなめておりませんが。お許《ゆる》しいただけるのですか」

これには返事がない。後から駄目《だめ》だと言われたら困《こま》るから、ついていって念押《ねんお》しする。

「清吾《せいご》を連れていきますよ。いいですね？」

「勝手にしろ」

「本当にいいんですね？」

「しつこい」

十四郎《じゅうしろう》はうっとうしそうに顔をしかめた。それから清吾《せいご》を見て「妙《みょう》な奴《やつ》を連れてきおって」とぼやき、わたしを押《お》しのけて出ていった。失礼な人だなあ。でもいいや、勝手にするから。

戸を開けると、もう外は薄暗《うすぐら》くなっていた。顔に当たる夕風が気持ちいい。子どもたちはそれぞれの家に引っ込《こ》んでいたが、井戸端《いどばた》でおかみたちが夕飯の支度《したく》をしていた。そのうちの一人が手に饅頭《まんじゅう》を握《にぎ》らせてくれた。

「何があったんだい。河村《かわむら》のととさまが笑ってたけど」

おかみが目を丸くしている。よほどめずらしいことなのだろう。そうか、笑っていたのか。安心して饅頭《まんじゅう》を一口かじると、餡子《あんこ》と洟《はな》が混《ま》じって甘塩《あまじょ》っぱい。

「離《はな》れに行こう」

わたしは清吾《せいご》の手を引っ張《ぱ》った。


その晩《ばん》、清吾《せいご》と一緒《いっしょ》に風呂《ふろ》へ入った。

初めて清吾《せいご》の体を見た。青痣《あおあざ》だらけだった。足だけではなく、背中《せなか》や腕《うで》、体中にあった。これを見られまいとして、前に泊《と》まりにきたときは風呂《ふろ》に入るのを避《さ》けたのだ。わたしの目に気づくと、清吾《せいご》はにっと笑った。

「もう隠《かく》さなくてもいいよな」

清吾《せいご》は長身でがっしりしているけど、やっぱり子どもだ。首が細くて皮膚《ひふ》が薄《うす》い。

どうか助けてやってほしい。

夏祭りの日、清吾《せいご》の父親を足払《あしばら》いでかわしたのは髭白《ひげじろ》先生だ。能《のう》ある鷹《たか》は爪《つめ》を隠《かく》すっていうのは本当だった。髭白《ひげじろ》先生があんなに強いことを、寺子屋のみんなは誰《だれ》も知らない。

風呂《ふろ》の後、部屋に戻《もど》ると、月明かりが障子越《しょうじご》しに射《さ》し込《こ》んでいた。行灯《あんどん》を消しても、畳《たたみ》がぼんやり光っている。

うさぎは部屋の隅《すみ》で、座布団《ざぶとん》にのって眠《ねむ》っていた。

布団《ふとん》に入った後も清吾《せいご》と話していた。こんなふうに過《す》ごせるのはこれが最後だと、お互《たが》いにわかっていた。清吾《せいご》は引っ越《こ》すことになるだろう。十四郎《じゅうしろう》から引き離《はな》すにはそれしかない。

眠《ねむ》ってしまえば朝になる。それが惜《お》しくて、わたしたちは夜更《よふ》けまで起きていた。

清吾《せいご》が泊《と》まっていくことになって、本当によかった。なぜって、その晩《ばん》ふたたび幽《ゆう》霊《れい》が出たから。

優《ゆう》ちゃん――。

名を呼《よ》ばれて目が覚めた。春の頃《ころ》、うしみつどきに聞いたのと同じ声だ。心の臓《ぞう》がどきんとして、ぱっと目が覚めた。

障子越《しょうじご》しに射《さ》す月明かりをたよりに目を凝《こ》らし、うさぎを探《さが》す。

いた。やっぱり眠《ねむ》っている。膝《ひざ》でにじり寄《よ》ると、くうくうと気持ちよさそうな寝《ね》息《いき》が聞こえた。

どういうことだろう。うさぎは寝《ね》ているのに、なぜまたこの声が聞こえるんだ。しかも、これは鳴き声なんかじゃない。人の声だ。はっきり名を呼《よ》んでいる。まさかと思うけど――。

本物？

ごくり、と喉《のど》が鳴った。二《に》の腕《うで》からぞくぞくと悪寒《おかん》が走り、頬《ほお》に鳥肌《とりはだ》が立つ。

どうしよう。頭の中が真っ白になった。逃《に》げたほうがいいのかな。

考えていると、うさぎが耳をぴくんと震《ふる》わせた。急ぎ足に近寄《ちかよ》ってきたかと思うと、キイキイと初めて耳にする声を上げ、わたしにぴたりと身を寄《よ》せた。

同時に「優《ゆう》ちゃん」。また名を呼《よ》ばれた。間違《まちが》いない。誰《だれ》かいる。

たぶん庭だ。

「よしよし。おとなしく、ここで待ってるんだぞ」

うさぎの頭をなで、落ち着かせてから部屋を出た。

庭下駄《にわげた》をはいて裏庭《うらにわ》へ下りると、清吾《せいご》も起きてきて、隣《となり》に立った。

月明かりはうすらぼんやりとして、裏庭《うらにわ》は真っ暗だった。でも、白い影《かげ》がいるのは見える。人の形をして、低い姿勢《しせい》でうずくまっている。

優《ゆう》ちゃん――、優《ゆう》ちゃん――。

わたしを見つけ、白い影《かげ》がのっそり立ち上がる。

あそこか。前に井戸があった辺りだ。清吾《せいご》が先頭に立とうとするのをやんわりとことわり、わたしは自分から白い影《かげ》のもとへ歩いていった。

いったい誰《だれ》なのか、ここまで来ても見当がつかない。怖《こわ》くても、この目で正体を確《たし》かめるしかなさそうだ。

段々《だんだん》、輪郭《りんかく》があらわになる。薄闇《うすやみ》から徐々《じょじょ》に目鼻が浮《う》かんでくる。

わたしは足を止めた。目が合うと、白い声は喉《のど》の奥《おく》から細い声をしぼり出した。

「……亮太坊《りょうたぼ》っちゃん」

おつるが行灯《あんどん》を手にバタバタ走ってくる。

明かりを近づけると、白い浴衣《ゆかた》を着た小柄《こがら》な姿《すがた》がくっきり浮《う》かび上がった。

ぎゅっと目をつぶり、悪さをとがめられた子どものように首を縮《ちぢ》めている。幽霊《ゆうれい》の正体はおふみだった。呆然《ぼうぜん》として、すぐには言葉が出てこない。垣根《かきね》の向こうでは、おきくが身をすくめている。

# 8

おふみは興奮《こうふん》しており、裏庭《うらにわ》へ出ると怯《おび》えてわたしにしがみついてきた。わたしは行灯《あんどん》を手に、おふみを隣家《りんか》へ送っていった。もう遅《おそ》いから、甘味処《あまみどころ》には明日の朝戻《もど》るという。

隣家《りんか》までおきくもついてきた。おふみの肩《かた》を抱《だ》いて布団《ふとん》のところへ連れていく。おきくに水を飲ませてもらい、布団《ふとん》に横になると、おふみは間もなく静かになった。

さっきみたいになるのは初めてのことではないという。一年ほど前から、おふみは病んでいた。今と昔の記憶《きおく》がまだらになり、いろんなことを忘《わす》れていく。そういう病があるのだそうだ。しゃんとしているように見えても、何かの拍子《ひょうし》に症状《しょうじょう》が出る。塩のつもりでおかきに砂糖《さとう》を振《ふ》ったのも病のせいだ。

とはいえ、春まではそこまでひどくなかった。病が悪化したのは、甘味処《あまみどころ》に越《こ》してから。慣《な》れた家を離《はな》れた途端《とたん》、一気に病が進んでしまった。

夜中に目を覚ますと、自分がどこにいるかわからない。それで怖《こわ》くなって甘味処《あまみどころ》を抜《ぬ》け出し、自分の家へ戻《もど》る。その途中《とちゅう》で道に迷《まよ》い、裏庭《うらにわ》からうちへ入った。そういうことが何度かあって、幽霊《ゆうれい》と噂《うわさ》されるようになった。それが噂《うわさ》の真相だ。

病は治らないのだそうだ。つける薬もない。辛抱《しんぼう》強く世話をするしかないようだ。

「おや、いらしていたんですか」

話し声がうるさかったのか、おふみがむくりと起き上がった。

「お腹《なか》がへったでしょう。おやつを出しますね」

わたしがいいと言っても聞かず、おふみは台所へ行き、皿を手に戻《もど》ってきた。さっき裏庭《うらにわ》にいたときとは別人のように落ち着いている。おかしなことを口走っても、こうやってすぐに正気に戻《もど》るらしい。

「亮太坊《りょうたぼ》っちゃんのお好きなおかきを揚《あ》げたんです」

「優太《ゆうた》だよ」

「何ですか？　近頃《ちかごろ》どうも耳が遠くなってしまって……」

縁《ふち》の欠けた皿におかきは入っていない。

「お祖母《ばあ》ちゃん、そろそろ寝《ね》ようか」

慣《な》れた調子で空《から》の皿を受けとると、おきくはふたたび、おふみを布団《ふとん》に寝《ね》かせた。

「あたしが悪かったんだわ」

暗い顔をしてつぶやく。

甘味処《あまみどころ》で、おきくはおふみと別の部屋で寝《ね》ていた。年寄《としよ》りで眠《ねむ》りの浅いおふみは、夜中に何度も厠《かわや》へ立つ。昼間働いて疲《つか》れている孫娘《まごむすめ》を起こしてはかわいそうだと、おふみは土間に布団《ふとん》を敷《し》いて寝《ね》ていたのだそうだ。そのほうが外にある厠《かわや》へ行きやすいからと。

「おきくのせいじゃないよ。誰《だれ》も悪くない」

なぐさめの言葉が、自分の耳にも空《むな》しく聞こえた。

幽霊《ゆうれい》の正体はうさぎで片《かた》がついたはずだった。おきくも安心していたのだ。実際《じっさい》、疲《つか》れてもいたのだろう。ぐっすり寝入《ねい》っていて、今夜たまたま目を覚ますまで、おふみが甘味処《あまみどころ》を抜《ぬ》け出していることに気づかなかったとしても無理はない。どうすればよかったのだろう。昼間は甘味処《あまみどころ》で働き、夜は寝《ね》ないでおふみの番をしていればよかったのか。

「何か手伝えることはないかい」

わたしが言うと、おきくは小さく首を振《ふ》った。もう遅《おそ》いからと、家に帰された。

「お祖母《ばあ》ちゃんのこと、ありがとう。仮名《かな》の指南をしてくれって、清吾《せいご》さんに頼《たの》んでくれたんでしょう」

戸を閉《し》める前、おきくが言った。

「おふみが喜《よろこ》べばと思って――」

「喜《よろこ》んでたわ。夏祭りに連れていってもらったこともね。すっごく喜《よろこ》んでた」

「それならよかった」

「今までありがとう。うさぎを可愛《かわい》がってやってね」

翌朝《よくあさ》、父さんとおふみの話をした。

病のことを父さんは知っていた。おきくに医者を紹介《しょうかい》し、一緒《いっしょ》に話を聞きにいき、匙《さじ》を投げられたという。この先、病は重くなる一方で、症状《しょうじょう》がよくなる期待はできない。おふみには、つきっきりで世話をする者が必要だ。その手間賃《てまちん》を稼《かせ》ぐために、この秋おきくは江戸《えど》に出る。

旅籠《はたご》で住み込《こ》み奉公《ほうこう》をするのだそうだ。

「知らなかったよ」

家に戻《もど》ったその足で隣《となり》へ行った。わたしの顔を見て何の話か察したらしく、おきくは外へ出てきた。

二人で離《はな》れに行き、縁側《えんがわ》で話した。

「名の知れた旅籠《はたご》なんだってね」

「白木の大きな湯殿《ゆどの》があるみたい」

「へえ、すごい」

「入れるのは、高いお金を払《はら》って泊《と》まるお客だけよ」

おきくに奉公《ほうこう》の世話をしてくれたのは、おふみと五十年の付き合いのある幼馴染《おさななじ》みの娘《むすめ》さんだ。なんでも父親がおふみと同じ病になり、亡《な》くなるまで世話をしていたのだとか。

その娘《むすめ》さんの紹介《しょうかい》で、おきくはおふみと二人で江戸《えど》へ出る。おきくが働いている間、おふみの世話は娘《むすめ》さんが面倒《めんどう》を見てくれるという。子ども時代に結んだ縁《えん》は長く続く。おふみの言ったとおりだ。

おきくのためにわたしは喜《よろこ》んだ。ここで甘味処《あまみどころ》のお運びをしているより、江戸《えど》の大きな旅籠《はたご》で奉公《ほうこう》したほうがいい。暮《く》らしの心配はしなくてすむし、おふみの面倒《めんどう》も見てもらえる。良いことずくめだ。

なのに、おきくは怒《おこ》っている。

「あたしのこと――、江戸《えど》に行ったら忘《わす》れるんでしょ」

「忘《わす》れないよ」

「あたしは忘《わす》れる」

仕方ないね、とわたしは返した。

実際《じっさい》、奉公《ほうこう》に入れば忙《いそが》しくて、昔を思い返している暇《ひま》もないだろう。藪入《やぶい》りで暇《ひま》をいただけるのも盆《ぼん》と正月だけ。江戸《えど》になじんだ頃《ころ》には、この町は遠くになっている。そういうものだと、子ども心にも思う。

「忘《わす》れるために江戸《えど》へ行く。そう決めたの」

おきくは言い終えた後、つんと顎《あご》を上げた。意地でも涙《なみだ》をこぼすまいというふうに、長い睫毛《まつげ》をぱちぱちして空をあおぐ。

父さんは〈うらざと屋〉で奉公《ほうこう》しないかと持ちかけたのだそうだ。

おふみと一緒《いっしょ》に離《はな》れへ越《こ》してきて、住み込《こ》みで働けばいい。おつるを世話役としてつければ、安心して働けるのじゃないか。でも、おきくは父さんの話をことわって、江戸《えど》へ行く。この町にいたくないのだ。

「あんたはどうするの。従妹《いとこ》と夫婦《ふうふ》になるんでしょう？」

おきくが拗《す》ねて口をとがらせる。

「親の言いなりになって、顔もろくすっぽ見たことのない娘《むすめ》を女房《にょうぼう》にするのね」

「法事で会ったことがあるから、顔は知ってるさ」

「どうせ口もきいたことないんでしょう」

「挨拶《あいさつ》はした」

「ふん、『初めまして』って？　馬鹿みたい」

「わたしのことはいいじゃないか。どうせ忘《わす》れるんだろ？」

「ええ、そうよ。そっちだって忘《わす》れるくせに」

「忘《わす》れるわけないだろ」

そうできればいいと思うけど。忘《わす》れられないんじゃないかな。たぶん、この先ずっと。

「おきくは江戸《えど》で玉の輿《こし》に乗るといい」

「馬鹿じゃないの」

「そればっかりだな」

「あーあ、河村《かわむら》さまを好きになればよかった」

縁側《えんがわ》の下で足をぶらぶらさせ、おきくが独《ひと》りごちた。好きになったんじゃなかったのかい。胸《むね》のうちで思ったけど、わたしは聞こえない振《ふ》りをした。

引き止めることができたらいいのに。江戸《えど》になんか行くな。この町でわたしと一緒《いっしょ》に大人になろうと、本当は言いたかった。

でも、できない。

祖父《じい》ちゃんには可愛《かわい》がってもらった。思い出が徐々《じょじょ》に薄《うす》れてきても、ありがたさは消えない。その祖父《じい》ちゃんが大事にしていた〈うらざと屋〉をつぶすわけにいかない。父さんも主《あるじ》として頑張《がんば》っている。母さんを支《ささ》えつつ、奉公人《ほうこうにん》の上に立って精《せい》一杯《いっぱい》やっている。

それがわかるから、わたしは引き止めない。おきくもそれを承知《しょうち》している。

「嫌《きら》いよ」

鼻にかかった声で、おきくがつぶやく。

「大嫌《だいきら》い」

桃色《ももいろ》の唇《くちびる》をとがらせ、繰《く》り返す。

「わかってるって」

口では嫌《きら》いと言いつつ、涙《なみだ》で頬《ほお》をぬらしている。鼻を真っ赤にした顔は小さい頃《ころ》のままだ。

「いつまで続けるつもりなの」

「何の話だい」

「わかってるくせに」

おきくが手を伸《の》ばしてきた。泣いているせいか、すごく熱い。わたしはしばらくの間おきくと手を重ねていた。

「ごめんよ」

謝《あやま》ると、おきくの顔がゆがんだ。両手で顔を覆《おお》い、うつむく。小さな肩《かた》が震《ふる》えている。

「……どうしても止《や》められないの？」

わたしは答えられなかった。

「優太《ゆうた》じゃないのに」

指と指の間から、おきくの泣き顔が覗《のぞ》く。

「亮太《りょうた》なのに」

風が吹《ふ》き、裏庭《うらにわ》の草がいっせいにさざめいた。今の言葉にびっくりしたみたいに、ざわめいている。

優太《ゆうた》が死んだのは五年前、七つのお祝いを迎《むか》えた年だった。

「もう、死んだ子の振《ふ》りをするのは止《や》めなさいよ」

意を決したように、おきくが言う。

「お祖母《ばあ》ちゃんだって、病でいろんなことを忘《わす》れちゃっても、亮太《りょうた》のことはしっかり覚えてるんだから」

そう。

わたしは亮太《りょうた》。

優太《ゆうた》というのは死んだ弟の名だ。

うちに幽霊《ゆうれい》なんて出ない。噂《うわさ》がでたらめなことは、最初からわかっていた。もし優太《ゆうた》が幽霊《ゆうれい》なら、「兄ちゃん」と呼《よ》ぶはずだ。

わたしはずっと優太《ゆうた》と名乗って生きてきた。でも、

(亮太坊《りょうたぼ》っちゃん)

たんぽぽを摘《つ》んでいたときも、離《はな》れで仮名文字《かなもじ》の手習いをしていたときも、おふみは常《つね》に本当の名で呼《よ》んでくれた。

おふみが夜中にうちへ来るようになったのは、優太《ゆうた》が死んだときのことを覚えているからだ。暗い裏庭《うらにわ》であの日の騒《さわ》ぎを思い出し、おふみは優太《ゆうた》をさがしていたの

だ。家へ入ってきたのは助けを呼《よ》ぶためだろう。幼《おさな》くして死んだ優太《ゆうた》のことを、優《ゆう》太《た》が優太《ゆうた》だったことを、今も覚えていてくれる人がいる。死んでも全部なくなっちゃうわけじゃない。おふみの中で優太《ゆうた》の思い出は生きている。だとしたら、わたしのしていることは罪《つみ》だ。優太《ゆうた》と、優太《ゆうた》を知っている人をあざむいている。

黙《だま》っておきくを江戸《えど》へ送り出すつもりでいたけど、土壇場《どたんば》で気が変わった。ずっと前から思っていたのだ。こんなのは良くない、って。

そろそろ優太《ゆうた》も許《ゆる》してくれるんじゃないかな。というより、もとから反対だった気もする。兄ちゃんは、兄ちゃん。優太《ゆうた》ならそう言う。わたしたちは仲が良かったのだ。

腹《はら》を決め、手を握《にぎ》りかえそうとしたら、おきくが業《ごう》を煮《に》やして縁側《えんがわ》を飛び降《お》りた。

「馬鹿!」

捨《す》て台詞《ぜりふ》を吐《は》いて駆《か》けていく。その背《せ》を追って裏庭《うらにわ》へ下りた途端《とたん》、足がすべって庭下駄《にわげた》の鼻緒《はなお》が切れて、つんのめった。その拍子《ひょうし》に姿勢《しせい》をくずし、ぐっと力を入れたら、親指の爪《つめ》がはがれた。血が出ているのにびっくりしている間におおきくは行ってしまった。わたしは天をあおぎ、ため息をついた。馬鹿だ、まったく。

しばらくすると、膝《ひざ》にやわらかなものが触《ふ》れた。目を開けると、うさぎが二本足で立ち、膝《ひざ》に前肢《まえあし》をのせていた。飴玉《あめだま》みたいな赤い目をみはり、わたしを見上げている。

「お腹《なか》がへったのか」

わたしはうさぎの前肢《まえあし》を手にとった。おおきくの手みたいだ。ふんわりして温かい。歩くとくっついてきて、ふんふん鼻息を吹《ふ》きかけてくる。くすぐったくて仕方なく、悲しいのに笑ってしまう。きっとこの先、こういうことが増《ふ》えるんだろうな。そうやって、段々《だんだん》と大人になるんだ。

あ――。

爪《つめ》のはがれた足をかばいつつ、膝《ひざ》を伸《の》ばして立ち上がったとき気づいた。今日は蟬《せみ》の声がしない。少し前まで、あんなにやかましかったのに。秋が来ている。季節はめぐる。わたしにも変わるときが来た。

もう優太《ゆうた》でいるのは止《や》める。

# 9

朝方まで降《ふ》っていた雨は、日が出る頃《ころ》には上がった。

障子窓《しょうじまど》を開けると、晴れた空が見えた。夏の頃《ころ》と色が違《ちが》う。目に染《し》みるような澄《す》みきった青だ。底が抜《ぬ》けたみたいに高く、見上げていると、ふうっと体が浮《う》き上がる気がする。

出立《しゅったつ》前、清吾《せいご》を町外れまで見送った。

旅支度《たびじたく》の手甲脚絆《てっこうきゃはん》をつけて草鞋《わらじ》をはき、笠《かさ》をかぶって紐《ひも》で顎《あご》の下から結わえている。

背《せ》にくりつけた荷が大きいのは、先生の分も背負《せお》っているからだ。体格《たいかく》のいい清吾《せいご》とならぶと、先生はひときわ小さく見えた。でも、寺子屋にいた頃《ころ》より若々《わかわか》しい。

今日、清吾《せいご》は江戸《えど》に発《た》つ。髭白《ひげじろ》先生の養子になり、学問所に入る。道をならんで歩き出してからも、あまりしゃべらなかった。せっかく見送りにきたのに、いざ歩き出すと胸《むね》が詰《つ》まって、何を話せばいいのかわからなかった。髭白《ひげじろ》先生は気を使ってくれ、清吾《せいご》とわたしより数歩先を、杖《つえ》をつきながらのんびり歩いていた。

「晴れてよかったね」

「おう」

「てるてる坊主《ぼうず》が効《き》いたかな。昨日までずっと雨が続いていたから、心配で昨夜《ゆうべ》作ったんだ。いくら笠《かさ》があっても、晴れのほうがいいと思って」

「そんなもの当てになるか」

清吾《せいご》が苦笑いする。

「相変わらずおばさんみたいだな。長屋のおかみさん連中は、降《ふ》っても晴れても天気のことばかり話してるぞ」

むっとして肘鉄《ひじてつ》を食《く》らわそうとしたら、清吾《せいご》はひょいと身をかわした。

「逃《に》げたな」

「かわしたんだ。俺《おれ》に肘《ひじ》を入れるなど、百年早い」

段々《だんだん》調子が出てきた。こういう話になると肩《かた》の力が抜《ぬ》けて、口がほぐれてくる。

「お侍《さむらい》の子だもんね」

「寺子屋の先生の子だ」

やせた後ろ姿《すがた》をながめながら言う。

「髭白《ひげじろ》先生とは正式に養子縁組《えんぐみ》をしたの？」

おう、清吾《せいご》がうなずく。

「そうなんだ。ということは、もう河村《かわむら》さまじゃないんだね」

「ああ。今は小杉《こすぎ》だ」

「小杉《こすぎ》さまか。──小杉清吾《こすぎせいご》。いい名だね」

「だろ」

「先生のことは父上と呼《よ》んでるの？」

「たわけ。先生と呼《よ》んでるに決まってるだろ」

清吾《せいご》は鼻の頭に皺《しわ》を寄《よ》せた。

「えー、養い親なんだから、先生じゃおかしいって。父上と呼《よ》ばないと」

「やかましいぞ、優太《ゆうた》」

「へへ、照れてら」

今日で最後なのだから、清吾《せいご》にも詫《わ》びないといけない。ずっと嘘《うそ》をついていてごめん、と。


わたしは父さんと先妻《せんさい》の間に産まれた子だ。実の母さんは住み込《こ》みの奉公人《ほうこうにん》で、わたしを産んで程《ほど》なくして亡《な》くなった。そのすぐ後に後妻《ごさい》として迎《むか》え入れられたのが、今の母さんだ。

七つのとき、優太《ゆうた》は井戸に落ちた。

内緒《ないしょ》で母屋《おもや》から渡《わた》り廊下《ろうか》をやってきて、裏庭《うらにわ》で遊んでいるときに落っこちた。

裏庭《うらにわ》で遊んでいるときは、いつも祖父《じい》ちゃんが傍《かたわら》にいた。孫息子の二人が危《あぶ》ない目に遭《あ》わないよう、いつもしっかり見ていてくれた。

だけど、ある日、祖父《じい》ちゃんが心の臓《ぞう》の発作《ほっさ》を起こした。わたしは母屋《おもや》へ人を呼《よ》びに走り、裏庭《うらにわ》に優太《ゆうた》を置き去りにした。

あのときのことは、いまだ忘《わす》れられない。

運の悪いことに父さんも母さんも出かけていて、奉公人《ほうこうにん》たちもそろって出かけていた。わたしが近所の医者へ走り、手を引っ張《ぱ》ってつれてきたら、おふみが裏庭《うらにわ》を這《は》いずり回っていた。血相を変えて離《はな》れを飛び出していったわたしを見かけ、何事かと裏庭《うらにわ》まで来て、優太《ゆうた》の泣き声を聞いたのだと、後からおきくに聞いた。

その日の夜、優太《ゆうた》は冷たい骸《むくろ》になって発見された。頭から井戸に落ちているのを見て、母さんは膝《ひざ》から崩《くず》れ落ちた。

〈うらざと屋〉に嫁《とつ》いでくるとき、母さんの父親は娘《むすめ》に持参金を持たせた。

ただし、条件《じょうけん》付きだ。持参金を使えるのは母さんの産んだ子のみ。父さんが使うことすら禁《きん》じられていた。

母さんの両親は、娘《むすめ》が婚家《こんか》で大事にされるよう、そんな条件《じょうけん》をつけたのだ。わたしという腹違《はらちが》いの兄がいることを気にしていたからだと思う。大事な娘《むすめ》の産んだ子が〈うらざと屋〉を継《つ》げるよう条件《じょうけん》つきの金をよこした。

優太《ゆうた》の名付け親は、母さんの父さんだ。〈うらざと屋〉の跡取《あとと》りへ押《お》し上げるつもりで、わたしの存在《そんざい》を無視《むし》して、はじまりという意味を持つ「太」の字をつけた。

祖父《じい》ちゃん子だったのもそのせいだ。優太《ゆうた》を跡取《あとと》りとして育てるため、わたしは離《はな》れに追いやられ、父さんや母さんとはほとんど顔を合わせずに育った。でも、優《ゆう》太《た》は死んでしまった。持参金は使えない。おまけに母さんに次の子は望めなかった。

優太《ゆうた》を産んだとき、ひどい難産《なんざん》だったせいだと医者に告《つ》げられていた。

可愛《かわい》い盛《さか》りの優太《ゆうた》を失い、〈うらざと屋〉はみんな意気消沈《いきしょうちん》した。祖父《じい》ちゃんは医者の薬で助かったけど、その後は寝《ね》たきりになった。目を覚ますこともなかった。そういう旅籠《はたご》にただよう暗い雰囲気《ふんいき》が嫌《きら》われてぱたりと客足が遠のいた。月々の掛《か》かりも払《はら》えず、どうにもならなくなり、父さんが苦肉の策《さく》を思いつき、わたしは優《ゆう》太《た》になったのだ。母さんの持参金を商いへ回すために。

寺子屋にも、はじめから優太《ゆうた》と名乗って入った。亮太《りょうた》をこの世から消し去り、幽《ゆう》霊《れい》みたいに生きてきた。

おきくがわたしを避《さ》けるようになったのは、優太《ゆうた》と名乗るようになってからだ。

わたしは寝《ね》たきりの祖父《じい》ちゃんを置き去りに離《はな》れを出ていき、母屋《おもや》で暮《く》らした。従妹《いとこ》が許嫁《いいなずけ》と決まったとき、もう隣《となり》のおきくとは遊ばないよう言われ、その通りにした。

あんなに仲良くしていたのに。〈うらざと屋〉の跡取《あとと》りになった途端《とたん》、離《はな》れを捨《す》てた。日が当たる場所に立ったら、人が変わった。おきくの目にはそう見えたのだろう。その通りだったと自分でも思う。

離《はな》れにくると落ち着くのは、亮太《りょうた》に戻《もど》れるからだ。

（亮太《りょうた》や）

目尻《めじり》にくっきりと皺《しわ》を寄《よ》せて、わたしを呼《よ》ぶ祖父《じい》ちゃんの声を思い出すと、胸《むね》の中がじんわり、あったかい湯を満たしたみたいになる。

もし今も生きていたら、祖父《じい》ちゃんは何と言っただろう。わたしが死んだ弟の名で呼《よ》ばれていると知ったら。父さんを叱《しか》るだろうか。それとも悲しむかな。煙草臭《たばこくさ》い息を吐《は》いて、力なく首を横に振《ふ》る姿《すがた》が目に浮《う》かぶ。

お前はいい子だ。いつもそう言われていた。

離《はな》れへ追いやられたわたしを、祖父《じい》ちゃんは慈《いつく》しんでくれた。優太《ゆうた》が生まれる前も後も、――お前は祖父《じい》ちゃんの大事な孫だ。亮太《りょうた》が泣くと、祖父《じい》ちゃんまで泣きたくなっちまう。——そう言って、大きな体ですっぽり包んでくれた。

優太《ゆうた》になっても、わたしは父さん母さんとなじめかった。とはいえ、今さら亮太《りょうた》には戻《もど》れない。祖父《じい》ちゃんがいなくなり、おきくにも嫌《きら》われ、わたしは一人ぼっちだった。清吾《せいご》と友だちになるまでの間ずっと。

清吾《せいご》は、つくづく変わったやつだと思う。

「わたし、本当は亮太《りょうた》っていうんだ」

勇気を出して打ち明けても、

「そうか」

返ってきたのは一言だけ。平然としていた。

「優太《ゆうた》は弟の名。いろいろ事情《じじょう》があってね、優太《ゆうた》と入れ替《か》わることにしたんだ。ずっと嘘《うそ》をついてて、ごめんよ」

「別にいいさ」

「あんまり驚《おどろ》かないんだね」

「まあな。知ってたからな」

「え?」

思わず声が裏返《うらがえ》った。

「おふみは、お前を『亮太坊《りょうたぼ》っちゃん』と呼《よ》んでいたじゃないか。だから、薄々《うすうす》死んだのは優太《ゆうた》のほうで、お前は兄貴《あにき》だろうと思ってた」

「そうだったんだ」

「手習いをしているときも何度か聞いたぜ。お前はうさぎの世話で忙《いそが》しくて、知らなかっただろうけど」

清吾《せいご》は前からわたしの嘘《うそ》に勘付《かんづ》いていたのか。それなのに、問いただそうとしなかった。黙《だま》って友だちでいてくれた。

「妙《みょう》だと思わなかったのかい」

「そりゃ思ったさ。けど、名がどうあれ、お前はお前だ。俺《おれ》だって元服すれば名を変えるぜ。それに、『どの家もいろいろある』だろ?」

いつかわたしが言った台詞《せりふ》を引いてきて、清吾《せいご》は笑った。

気が抜《ぬ》けた。肩《かた》の力が抜《ぬ》けて、うんと楽になった。こんなことなら、もっと早く打ち明ければよかった。

「もう一つ、嘘《うそ》をついてたことがあるんだけど」

「何だ。この際《さい》だから、洗《あら》いざらい言っちまえ」

「わたし、十三なんだよ」

「なるほど。優太《ゆうた》が年子の弟なら、そうなるな。俺《おれ》の一つ年上か。ふん、見えないな。お前、まだ蒙古斑《もうこはん》がありそうだもんな」

「見てみるかい？」

歩きながら裾《すそ》をまくってみせると、清吾《せいご》はしかめ面《つら》をした。

「ばーか」

「馬鹿はそっち！」

大声で言い合うと、髭白《ひげじろ》先生がふり返った。

「これ、往来《おうらい》で喧嘩《けんか》するな」

わたしと清吾《せいご》の顔を交互《こうご》に見て、わざとらしくため息をつく。

「情《なさ》けない。そんな体《てい》たらくで、各国から出てきた秀才《しゅうさい》と競い合う気かね」

もうすっかり清吾《せいご》の父さんだ。

「――まったく。蒙古斑《もうこはん》があるのは、己《おのれ》のほうだろうに」

清吾《せいご》の顔に火が昇《のぼ》った。髭白《ひげじろ》先生は耳なんて遠くない。前からにらんでいたとおり。実はしっかり子どもたちの話に聞き耳を立てている。

江戸《えど》へ出たら、清吾《せいご》は学問所で小間使いをしながら学ぶことになっている。寺子屋の先生ではなく、学問所の先生を目指すのだそうだ。そのほうがいいと、髭白《ひげじろ》先生が薦《すす》めてくれたのだという。

恵《めぐ》まれた家の子弟と机《つくえ》をならべ、学問所で切磋琢磨《せっさたくま》するのだ、きっと数々の苦難《くなん》が待ち受けているに違《ちが》いない。それでも清吾《せいご》なら立派《りっぱ》にやってみせるはずだ。

ふと足下《あしもと》に目が留《と》まった。草履《ぞうり》の先に、金色に光る小さなものがころがっている。

そっと拾い上げて、つくづくながめた。もう夏も終わりだというのに、今から脱皮《だっぴ》しようという蟬《せみ》がいるのか。

「金蟬衣《きんせんい》か」

「何それ」

「蟬《せみ》のぬけがらの別名。羽根が透《す》きとおった黄金色《こがねいろ》をしているから、そう呼《よ》ぶんだ」

「洒落《しゃれ》てるね」

「ほとんどの蟬《せみ》は成虫になれずに、幼虫《ようちゅう》のまま死んでいく。できたやつだけ、空を飛べる」

そこから延々《えんえん》と清吾《せいご》の蟬談義《せみだんぎ》が続いた。

蟬《せみ》は背中《せなか》に目がついている。

「だとすると、飛んでいるときには何が見えているのかな」

「そりゃあ、空だろ」

空を見上げてつぶやいた声が、さみしそうに聞こえた。

「ひょっとして、父上に申し訳《わけ》ないと思ってるのかい」

「――まあな」

真面目《まじめ》な清吾《せいご》らしい。父親を残し、一人で江戸《えど》へ発《た》つことに引け目を感じている。発《た》つと決めたなら、前だけ向いていればいいのに。わたしが内心不服に思っているのを感じるのか、苦笑いして言った。

「そんな顔するなよ。父さんも、ああ見えて、昔はちゃんと仕官していたんだぜ。剣《けん》の腕《うで》を買われてな」

「腕《うで》の立つ方《かた》だったんだね」

「といっても、世には強い人がいくらでもいるからな」

指南役をつとめていた頃《ころ》、力をつけた弟子《でし》に負けた十四郎《じゅうしろう》は荒《あ》れ、仕官を解《と》かれて浪人《ろうにん》になったのだという。

「父さんは倅《せがれ》の俺《おれ》を、自分以上の剣士《けんし》に育てようとしたんだ。子どもの頃《ころ》はよく稽《けい》古《こ》をつけてもらった」

剣術《けんじゅつ》が武器《ぶき》になる時代なら、それでもよかった。でも、世は変わる。

「離縁《りえん》した母方の祖父《じい》さんが学問所の先生だったんだよ。平和な世には剣《けん》より学問だと言っていて、父さんとは反《そ》りが合わなかったらしい。それもあって疎《うと》ましいんだろう。実際《じっさい》、昔の縁《えん》をたどってこの町まで来ても、剣術《けんじゅつ》ではすぐに仕事にありつけなかったからな。でも」

「でも？」

「俺《おれ》を小杉《こすぎ》先生に託《たく》してくれた。二度と顔を見せるな、と怒鳴《どな》られたけどな。もう親でも子でもないんだと」

こめかみに青筋《あおすじ》を立てて怒《おこ》る顔が目に浮《う》かぶ。

「だから父さんとは今生《こんじょう》の別れだ」

よかったね――、とは言えない。

「俺《おれ》、立派《りっぱ》な先生になるから」

「うん。清吾《せいご》なら、きっとなれる」

「お前が信じてくれるんだ、絶対《ぜったい》に裏切《うらぎ》れないよな」

「当然」

力強くうなずいてから付け加えた。

「たぶん、父上も信じてるよ」

「馬鹿言え」

清吾《せいご》は鼻を鳴らしたけど、本当にそうだと思う。だから十四郎《じゅうしろう》は清吾《せいご》を手放すと決めた。息子を信じ、己《おのれ》の道を行かせることにしたのだ。

二度と顔を見せるな、というのは、たぶん遠回しの励《はげ》ましだ。

ひょっとしたら似《に》た者《もの》親子なのかもしれない。ちょっと意地悪そうに見せるところなんてそっくりだ。そういう二人ならば、いつかきっとわかり合える日が来る。たとえ清吾《せいご》が懐疑的《かいぎてき》でも、わたしは信じる。早くその日を迎《むか》えられるよう、清吾《せいご》のために祈《いの》る。

「たまに様子を見にいくよ。住まいは知っているからね」

「いいのか？」

「もちろん。だって、清吾《せいご》の父上じゃないか」

「お前、やっぱり良い奴《やつ》だな」

「ええ？」

「父さんが俺《おれ》を小杉《こすぎ》先生に託《たく》すと決めたのは、お前が啖呵《たんか》を切りに来たからだぜ。

――今朝、家を出るとき、父さんがひとり言みたいに、ぼそっと言ったんだよ。

『いい仲間ができたな』って」

へえ。あの十四郎《じゅうしろう》さまが、そんなことを。

「この間、長屋を出ていくときには『妙《みょう》な奴《やつ》』と言ってたけどね」

「許《ゆる》せ。父さんはへそ曲がりなんだ」

かたじけない、清吾《せいご》にあらたまって礼を言われて焦《あせ》った。

「いいんだよ。だって、前に助けてくれただろ。源三《げんぞう》から。お返しだよ」

「そんなの、とっくに返してもらったけどな。お前はずっと親切にしてくれたじゃないか。初めて寺小屋で会ったときから」

だとしても、だ。

あのとき清吾《せいご》が通りかかったから、今がある。清吾《せいご》にはすごく感謝《かんしゃ》している。

「清吾《せいご》は蟬《せみ》になればいい。どこまでも高く飛んでいきなよ」

「お前はどうするんだ」

「わたしかい？」

見送るのはここまでにしよう。この先までついていったら、もっと離《はな》れがたくなりそうだから。

「わたしは木になる」

自分なりに考えた台詞《せりふ》だったのに、清吾《せいご》は呆《あき》れ顔をしたのだった。

「だったら、せいぜい大木《たいぼく》になれよ。頭に『ウドの』とつかない大木《たいぼく》にな」

まったく。最後まで口の悪いやつ。

蟬《せみ》のぬけがらは、道端《みちばた》の木にくっつけてやることにした。誰《だれ》にも踏《ふ》まれずにすむように。

「これも情《なさ》けになればいいけど」

わたしはふざけ半分、両手を合わせて拝《おが》んだ。旅立つ友へのはなむけだ。いつかこの情《なさ》けがめぐりめぐって清吾《せいご》のところへ届《とど》くといい。

「寺子屋は辞めるよ。秋からは〈うらざと屋〉で父さんの仕事を手伝う」

「そうか。いよいよ跡取《あとと》り修行《しゅぎょう》をはじめるんだな」

「そのつもり。名も亮太《りょうた》に戻《もど》す」

「おっ」

わたしも精進《しょうじん》するつもりだ。ひと夏を清吾《せいご》と過《す》ごして、そう思うようになった。

この町で〈うらざと屋〉の跡取《あとと》りとしてやっていく。

そう、わたしは亮太《りょうた》に戻《もど》ることにしたのだ。父さんと、それから母さんにも話して許《ゆる》しをもらった。

おきくと最後に話した日、わたしは母屋《おもや》で宣言《せんげん》した。

これからは亮太《りょうた》でいく、と。清吾《せいご》が一人で江戸《えど》へ出ていくのだ、わたしだって負けていられない。そう思って、生まれてはじめて親に刃向《はむ》かった。亮太《りょうた》に戻《もど》ると言ったとき、まぶたの裏《うら》で祖父《じい》ちゃんが笑った。優太《ゆうた》も。わたしは胸《むね》を張《は》って生きていく。

父さんは怒《おこ》らなかった。やっと言ったか、と頼《たの》もしそうな顔をした。父さんなりに、我慢《がまん》しているわたしに申し訳《わけ》ないと思っていたようだ。

お金のことは心配だったけど、平気だと、父さんは請《う》け合った。祖父《じい》ちゃんは裸一貫《はだかいっかん》から店を興《おこ》した。金など、また貯《た》められる。家族で力を合わせてやっていこうと、すぐに母さんの実家へ持参金を返してきた。そのせいで日々の掛《か》かりは苦しくなったけど、父さんは張《は》りきっている。

それから母さんも。

わたしが亮太《りょうた》に戻《もど》ると宣言《せんげん》したら、ほっとした顔をしていた。いくら〈うらざと屋〉のためとはいえ、わたしを優太《ゆうた》と呼《よ》ぶのは気が重かったのだろう。一緒《いっしょ》に優太《ゆうた》のお弔《とぶら》いをしようと言ったら、母さんは泣いた。

優太《ゆうた》は優太《ゆうた》。母さんにとっては、この世にたった一人しかいない大事な息子だ。その優太《ゆうた》の名を使って、いつまでも嘘《うそ》を続けたいわけがない。

父さんと母さんと三人で、優太《ゆうた》の弔《とぶら》いをした。家族で弟を送った。

今度、母さんと一緒《いっしょ》に木綿《もめん》の反物《たんもの》を商う太物屋《ふとものや》へ出かけることになっている。今着ている紺絣《こんがすり》が、肩揚《かたあ》げをとっても丈《たけ》が足りなくなってきたから、新しいものをあつらえるのだ。どうせなら、次は渋《しぶ》い縞模様《しまもよう》の入った着物がいい。そうすれば、わたしも少しは大人びて見えるだろう。

「亮太《りょうた》に戻《もど》ったなら、あの話はどうなったんだ」

「何の話？」

「親類の娘《むすめ》を嫁《よめ》にもらうと言ってただろ。それはなくなったんじゃないのか」

「そうだね。あれは優太《ゆうた》だったときの話だから」

母さんの父さんは自分の血を引く孫と親類の娘に所帯を持たせ、〈うらざと屋〉を継《つ》がせたかったのだ。金を返せば、当然その結婚《けっこん》の話もなくなる。

「だったら、やっぱりおきくさんと〈うらざと屋〉を継《つ》ぐのか」

言いにくそうに、清吾《せいご》が訊《き》いてくる。

そんなことを気にしていたのか、と苦笑いがもれる。

「ごめん。言ってなかったけど、おきくも江戸《えど》へ行ったんだよ。大きな旅籠《はたご》で奉公《ほうこう》するんだ。ひょっとして、清吾《せいご》はあっちで顔を合わせるかもね」

「へえ。江戸《えど》に？」

「嬉《うれ》しい？」

「やかましい」

正直なやつ。すぐに顔に出るんだから。

とはいえ、にやけたのも一瞬《いっしゅん》のこと。清吾《せいご》はすぐに顔を引き締《し》めて言った。

「江戸《えど》は広いから、まずそんな機会はないと思うぞ。そうか、江戸《えど》へ行ったのか。さみしいだろうな。おきくさんはお前に惚《ほ》れてるから」

黙《だま》っていると、清吾《せいご》がわたしの頭を小突《こづ》いた。

「いいのか？　江戸《えど》になんて行かせて」

「いいんじゃないかな。奉公先《ほうこうさき》は立派《りっぱ》な旅館みたいだし。そもそも、わたしはおきくに嫌《きら》われているしね」

「そう言われたのか」

「うん。出立《しゅったつ》の前、最後に顔を合わせたときも『大嫌《だいきら》い』って言われた」

「けっ」

清吾《せいご》は舌打《したう》ちした。惚気《のろけ》かよ、とぼやいて苦笑いする。

「お前、本当にとぼけたやつだよな。そういう嫌《きら》いは、好きってことだろ。まったく、そういうところがたわけなんだ」

清吾《せいご》は足を止めた。いよいよだ。髭白《ひげじろ》先生も少し先で立ち止まり、こっちを見ている。

「手間をかけて悪いが。これをおふみのところに送ってくれるか」

清吾《せいご》が懐《ふところ》から折り畳《たた》んだ紙束を出した。いろはの手本だ。

「たくさんあるね、何枚《まい》書いたんだい」

「十枚《まい》。手習いで余《あま》った紙を少しずつためて書いたんだ。これだけあれば家中に貼《は》っておけるだろ。忘《わす》れても、また手本を見て覚えればいい。みんなそうやって手習いをするんだって、伝えてやってほしい」

そうか、と思った。清吾《せいご》はおふみが病だと知っていたのだ。

考えてみれば当たり前だ。清吾《せいご》は夏の間ずっと手習いを教えていたのだ。せっかく覚えた字を忘《わす》れ、消沈《しょうちん》するおふみを見て、壁《かべ》に手本を貼《は》る手を思いついたのか。

すごいな。清吾《せいご》はすでに先生になる道を歩きはじめている。

「じゃあな」

清吾《せいご》が片手《かたて》を上げて言った。

「清吾《せいご》も達者で。髭白《ひげじろ》先生の言うことをしっかり聞いて、精《せい》を出してね」

「達者でやれよ」

「おう、わかってる」

離《はな》れから帰っていくときみたいに、清吾《せいご》はあっさり去っていった。

角を曲がると、清吾《せいご》の姿《すがた》は見えなくなった。行ってしまった。もしかすると、もう二度と会えないかもしれない。そう思うと、追いかけたくなる。

でも堪《こら》えた。これからお互《たが》いに切磋琢磨《せっさたくま》するのだ。

次に会ったとき、胸《むね》を張《は》れる自分でいられるように。

いつか清吾《せいご》がこの町へ里帰りしたら、〈うらざと屋〉に泊《と》まってもらいたい。奉公人《ほうこうにん》一同、心からのもてなしを尽《つ》くし、感心させてやるのだ。


それが十三の夏だった。

以来、清吾《せいご》とは会っていない。風の噂《うわさ》で聞いたところによると、学問所で教えているらしい。立派なものだ。清吾は夢を叶えたのだ。きっと忙しいのだろう。わたし自身、目の回るような毎日を過《す》ごしているからわかる。朝は夜明けとともに起き、奉公人《ほうこうにん》たちとお客さんをお迎《むか》えして、気づけば日が暮《く》れている。落ち着いて文机《ふづくえ》に向かおうとしても、奉公人《ほうこうにん》に呼《よ》ばれたり、父さんから相談ごとを持ちかけられたり、筆を持つ暇《ひま》もない。そんなこんなで日々は過《す》ぎ去り、あっという間に次の季節を迎《むか》えるのだ。そうやって年を重ね、いつの間にか大人になった。

ときどき、あの夏を思い出す。達者でやっているかな、と懐《なつ》かしい顔に会いたくなる。

てのひらの上で金蟬衣《きんせんい》が光っている。衣を脱《ぬ》いだ蟬《せみ》は、遠くまで羽ばたいていった。この先いったい、どこまで飛んでいくのやら。

「何を見つけたの?」

妻《つま》がわたしのてのひらを覗《のぞ》き込《こ》んだ。

「蟬《せみ》のぬけがらだよ。金色できれいだろう」

「わあ、大きい。――といっても、わたしのお腹《なか》ほどじゃないけど」

お腹《なか》にそっと手を添《そ》えて、妻《つま》はまぶしそうに笑った。今日は産婆《さんば》のところへ行って腹帯《はらおび》を巻《ま》いてもらってきた。

「そりゃそうだ」

当たり前のことを言うと、わたしはおかしくなった。初めての出産で、妻《つま》の頭の中は産まれてくる子でいっぱいみたいだ。

「今日からでも、さっそく産着《うぶぎ》を縫《ぬ》いはじめようかしら」

「気が早いな」

「あら、だって。赤ん坊《ぼう》はたくさん汗《あせ》をかくのよ。産着《うぶぎ》は何枚《まい》あっても足りないんだから、早めに支度《したく》するものだと、お祖母《ばあ》ちゃんが言ってたもの」

わたしが苦笑すると、妻《つま》は頰《ほお》をふくらませた。そういう顔をすると、子どもの頃《ころ》の面影《おもかげ》が浮《う》かぶ。大人になった今も、頰《ほお》はふっくらとして桃色《ももいろ》だ。小町娘《こまちむすめ》の頃《ころ》から変わらない。
妻《つま》は祖母《そぼ》のおふみを看取《みと》ったのを機に、一昨年、江戸《えど》から戻《もど》ってきた。
その翌年《よくねん》に祝言《しゅうげん》を挙げ、この冬には子が産まれる。父さんや母さんは大喜《おおよろこ》びだ。
おつるなど、お襁褓《おしめ》のために、せっせと自分の着古しの浴衣《ゆかた》をほどいている。どう
やら気が早いのは妻《つま》だけではないらしい。
もし清吾《せいご》が、わたしの連れている妻《つま》を見たら、「ほらな」と言って笑うだろう。
やっぱり相惚《あいぼ》れじゃないか、と。清吾《せいご》は妻《つま》のおきくのことを知っている。夫婦《ふうふ》に
なったと話したら、きっと祝福してくれる。
わたしは堂々《どうどう》とした入道雲が広がる空を見た。
いつかまた、清吾《せいご》に会いたい。

作者・伊多波碧（いたば・みどり）

2001年作家デビュー。絶妙な語り口と、活き活きとしたキャラクター造形に定評がある。2023年「名残の飯」シリーズ（光文社時代小説文庫）で日本歴史時代作家協会賞シリーズ賞を受賞。著作に『リスタート！　あのオリンピックからはじまったわたしの一歩』（出版芸術社）、『父のおともで文楽へ』（小学館文庫）、『裁判官三淵嘉子の生涯』（潮文庫）などがある。

画家・おとないちあき

イラストレーターとして文芸書や児童書など幅広いジャンルで、装画・挿絵を手がけている。作品に「鬼遊び」シリーズ（小峰書店）、「保健室経由、かねやま本館。」シリーズ（講談社）、『この空のずっとずっと向こう』（ポプラ社）、『あきらめなかった男　大黒屋光太夫の漂流記』（静山社）などがある。

夏がいく

2024年６月初版
2024年６月第１刷発行

作　　伊多波碧
絵　　おとないちあき
発行者　鈴木博喜
発行所　株式会社理論社
〒101-0062　東京都千代田区神田駿河台2-5
電話　営業03-6264-8890
編集03-6264-8891
URL https://www.rironsha.com

装丁　鳴田小夜子
組版　アジュール
印刷・製本　中央精版印刷
編集　小宮山民人


ISBN978-4-652-20632-4　NDC913　B6判　19cm　P182